Le Détail

Du même auteur

La Caverne des idées,
Actes Sud, 2002.

La Bouche,
Mille et une nuits, 2003.

Clara et la pénombre,
Actes Sud, 2003.

José Carlos Somoza

Le Détail

Traduit de l'espagnol (Espagne) par
Marianne Millon

MILLE ET UNE NUITS

Illustration de couverture :
Laurence Bériot

Titre original : *El Detalle*

ISBN 2-84205772-4

J'ai fait imprimer plusieurs exemplaires de cet ouvrage dans l'éventualité où il présenterait un intérêt pour le public. Bien que je décrive des faits réels qui se sont déroulés dans mon village il y a dix ans, j'ai décidé de les raconter en suivant la trame classique des romans policiers, dans le but de divertir le lecteur, toujours patient. C'est la raison pour laquelle je vous demande dans cette note préliminaire de ne lire sous aucun prétexte les *quatre dernières pages* avant la fin : de même que pour la première nuit d'amour, la résolution d'un mystère requiert le plaisir de l'attente.

B. P.
Roquedal, janvier 1997

1

Mort de Jacinto Guernod

Entre avril et juin mille neuf cent quatre-vingt-sept, la curieuse enquête concernant deux assassinats survenus dans notre village m'occupa considérablement. La police ne procéda à aucune arrestation, du moins au début, et n'avait à ma connaissance aucun suspect : je dus donc me charger personnellement de l'affaire. Après un travail de détective ardu et embusqué – j'expliquerai plus tard ce que j'entends par ce terme –, mes dons naturels renforcés par l'expérience me conduisirent d'abord à découvrir puis à capturer l'assassin insaisissable avant de le remettre sans tarder à la justice. Voici la chronique, la plus complète possible, des faits tels que je m'en souviens. Que le lecteur indulgent tienne compte du fait que dix ans se sont écoulés – délai que je me suis fixé moi-même pour rendre l'affaire publique – et que ma mémoire, comme mon chien, se ressent de plus en plus du cours inexorable du temps et qu'elle ne m'est pas toujours aussi fidèle que je le souhaiterais.

Tout mystère requiert un commencement, et celui-là, qui en fut un en tous points, débuta le huit avril mille neuf cent quatre-vingt-sept à douze heures quarante-cinq, au moment de la mort de Jacinto Guernod.

En consultant les notes que j'ai prises au cours de l'enquête, je lis ce qui suit :

« Mardi huit avril. Aujourd'hui, Jacinto Guernod, le propriétaire de l'atelier de pièces de rechange situé à la sortie du village, est mort.

Faire des recherches sur le nom. Quel nom bizarre, Guernod.

Ce matin, selon le témoignage d'un proche, il s'est levé en proie à des nausées et n'est pas allé travailler. À onze heures cinquante, il a vomi d'épais filets de sang. À douze heures quinze, il avait le ventre tendu comme une peau de tambour. À douze heures vingt, le docteur Torres, qui avait tout d'abord décidé son transfert à l'hôpital, en ville, changea d'avis en constatant l'état désespéré du malade.

À douze heures cinquante, exactement cinq minutes après sa mort, je sus qu'il avait été assassiné. »

Je me rappelle bien ce jour-là. Tous les jours se ressemblent, comme les hommes, à un ou deux détails près, et je me rappelle bien les particularités de ce jour-là. Au sud, des nuages de plomb flottaient sur la mer, une brise contradictoire, ou plutôt la discussion entre deux brises opposées, agitait les pans de ma veste. Autre coïncidence intéressante, je décidai ce jour-là de me promener en direction du village au lieu d'aller vers la route, le bois ou le cimetière, comme tant d'autres fois. Je choisis le côté gauche de la rive – mesure de précaution que je prends toujours – et marchai avec toute la lenteur de ma canne vers les premières maisons, le chapeau bien enfoncé sur la tête, un foulard impeccable autour du cou, une chemise propre et une corde neuve pour retenir mon pantalon en velours. La fleur au revers de ma veste, bien sûr, complètement fanée.

Au moment où je passais devant l'atelier de Guernod, cet efféminé de Joaquín, son employé, me retint.

– Don Baltasar, bonjour.

– Bonjour, Joaquín.

– Vous savez que don Jacinto est mourant ?

Je n'ai pas pour habitude de prêter une grande attention aux commentaires des gens quand je me promène dans la rue, encore moins à ceux d'individus tels que Joaquín, ouvrier à l'atelier : il est impossible d'écouter avec respect un être humain volumineux, rond et sale comme les pneus qu'il porte toujours sous le bras, à la voix éraillée de vieille femme et à l'éternel sourire maladroit qui a le don d'énerver les gens. Mais là, je m'arrêtai et l'observai, après avoir arrangé d'un geste vif l'œillet à ma boutonnière.

– Don Jacinto ? demandai-je.

– Oui, oui. Il est très malade depuis ce matin. Tout le monde est chez lui. Pour vous dire que je ne sais même pas pourquoi je suis venu travailler !... Allons, ne faites pas cette tête, n'allez pas vous aussi avoir un malaise !

Il me disait peut-être cela parce que j'appuyais mon regard sans ciller dans ses yeux qui louchaient, qui triplaient de volume derrière ses verres de lunettes : j'ai l'habitude de regarder mon interlocuteur quand il me dit quelque chose qui me semble digne d'intérêt. En me parlant, il salissait un chiffon moins noir que ses mains, et son visage joufflu brillait tout entier de graisse.

– Enfin, c'est Dieu qui décide, ajouta-t-il sans une once de peine ; sa voix d'entremetteuse me rendait nerveux.

– Oui, c'est Dieu qui décide, dis-je, et je poursuivis mon chemin. Joaquín ne me quittait pas du regard, mais j'ai l'habitude d'être observé par les autres.

Je continue presque toujours ma promenade en descendant par la rue Centrale jusqu'aux maisons bleues sur la plage, je fais alors demi-tour et rentre par le même chemin en prenant une tisane à la menthe au bar de la Trocha, mais ce jour-là je décidai soudain de prendre la première à gauche, la rue de l'épicerie Pereda, et de continuer par Barracón jusqu'aux environs de la maison de Guernod. Pendant ce temps, je regardais le ciel.

J'ai écrit dans mes notes sur l'affaire :

« Deux tours en spirale et une cavité noire centrale, comme un chignon de danseuse de flamenco (?), ou la fumée fossilisée d'un incendie du paléolithique (??) : c'est la forme qu'ont adoptée les nuages ce matin.

Rechercher pourquoi. Découvrir les rapports. »

Cette tête de linotte de Joaquín, ouvrier à l'atelier, ne m'avait pas menti : le porche des Guernod regorgeait de monde. Je distinguai d'un premier coup d'œil Jorge Blázquez, voisin et ami de Jacinto, Juan Hernández, le pharmacien, Remigio, celui du kiosque à friandises, et madame Aurora, très belle comme toujours. Je fus également ému de voir mademoiselle Bernabé, dans l'encoignure de sa porte de l'autre côté de la rue – elle habite en face –, son visage empreint de bonté exprimant une préoccupation véritable. Ce petit malin d'Alberto Gracián, suppléant occasionnel de Marta l'ATS[1], faisait des allées et venues sous le porche, comme un messager. Gracián est mort de mort naturelle – un lymphome – il y a maintenant deux mois, et c'est la seule chose qui m'empêche de l'offenser comme il le mériterait dans cette chronique : qu'il suffise de rappeler que, sous l'influence d'un aussi grand infirmier, le docteur Torres faillit me faire interner à vie dans un hôpital. Mes notes sur l'affaire sont cependant exemptes de l'obligation de le respecter, puisqu'elles ont été écrites bien avant sa mort. Je cite textuellement :

« Cette couleuvre d'étang, cette vipère au visage rougeaud d'Alberto Gracián, se lovait parmi le public.

1. Assistante technico-sanitaire. (Sauf indication contraire, toutes les notes sont de la traductrice.)

– Ma voiture est prête en cinq minutes et je peux emmener Jacinto à l'hôpital, Juan, disait-il à Hernández à cet instant, il ne se lassait pas de le répéter. En cinq minutes, je peux le conduire à l'hôpital, dites-le au docteur Torres, putain...

À ce sujet, il me vient cette strophe :

Les Judas sont toujours prêts à embrasser.
Est-ce pour cette raison que leurs lèvres sont si grosses ?

C'est le cas des lèvres de Gracián, ça ne fait pas de doute. »

Je n'ajouterai rien d'autre, par respect pour sa mémoire.

En un clin d'œil, je me faufilai dans l'assistance qui encombrait le porche et pénétrai dans le vestibule. Juan Hernández, le pharmacien, s'intéressa à moi.

– Don Baltasar, ne restez pas dans l'entrée, au cas où il faille emmener rapidement Jacinto...

– Le pauvre homme, mais quel mal peut-il faire, me défendit madame Aurora, également dans mon dos. Laissez-le.

– Il ne fait pas de mal, répliqua le pharmacien, mais s'il reste tranquillement dans l'entrée et qu'il faut sortir Jacinto à toute vitesse, vous imaginez le tableau...

La conversation ne m'intéressait pas, je pénétrai dans la maison. Je remontai un couloir sombre et distinguai des pleurs et de la lumière au bout, à droite. *« Première perquisition : sol sale et toiles d'araignée dans les coins »*, notai-je dans mon cahier ce soir-là. Je me rappelais parfaitement ce détail.

Dans la pièce où j'entrai – une chambre – il y avait d'autres personnes qui furent d'abord contrariées de ma présence, mais un soubresaut du moribond détourna leur attention et elles cessèrent de s'occuper de moi. Le docteur Roberto Torres était debout en manche de chemise, près du ventre de Jacinto ; il tenait une cuvette dans laquelle moussait un liquide sanguinolent qu'il contemplait avec une extrême concentration. « Occupe-toi de tes affaires », pensai-je, ou « à chacun ses affaires ». À côté de lui, une ombre ridée et gémissante palpait méticuleusement les grains d'un petit chapelet, la mère de Guernod, je la connaissais bien. Remedios, son épouse, jouait les messagères : elle allait et venait de la chambre au couloir avec toutes sortes d'objets, un verre d'eau, une cuillère, un mouchoir. Il me sembla qu'elle prenait l'agonie de son mari pour une tâche ménagère, quelque chose comme de mettre la table pour plusieurs invités. Il y avait aussi deux petites créatures dans un coin, aux grands yeux curieux, dont la seule fonction, d'après ce que je pus en déduire, consistait à susciter une sorte de controverse pour alimenter le malaise général :

– Emmenez ces enfants loin d'ici, mon Dieu ! disait l'un.

– C'est aux parents de décider, disait l'autre.

– Ce sont les neveux de Jacinto, intervenait un troisième à voix basse.

– Et alors ? répliquait le premier. Doit-on les forcer à rester là ?

– Nous ne voulons pas nous en aller, déclarait la fillette, la plus jeune, une adorable créature aux boucles brunes.

– Mon dieu, que quelqu'un emmène ces enfants ! insistait le premier.

– Celui qu'il faudrait emmener, les interrompit soudain le docteur Torres avec son impeccable prononciation de la Castille du Nord et son ton de voix doux, c'est cet homme, et à l'hôpital, mais…

Il n'acheva pas sa phrase et personne ne l'y aida. Ce « mais » imposait un grand respect. Même la vieille interrompit un instant ses oraisons. Le vide consécutif à ce « mais » était l'Absurde.

Je me désintéressai d'eux, ôtai respectueusement mon chapeau et m'approchai de Guernod, me concentrant sur ses efforts pour devenir un cadavre.

On sait qu'il est difficile de mourir dans son lit : la peau s'échauffe, on souffre de spasmes, on sue, on perd et on reprend conscience, on délire, on commet mille obscénités, on souffre la compassion comme un poison. Il fallait reconnaître que, par rapport à la vie superficielle qu'il avait menée, Jacinto Guernod ne composait pas une mort trop médiocre : il ouvrait la bouche comme un poisson hors de l'eau et contemplait le plafond avec des yeux admiratifs, comme si les crevasses dans la chaux avaient dessiné une belle fresque de la Renaissance. Il semblait affligé par la lutte que perdait une personne qu'il aimait beaucoup – mais qui n'était pas lui. *« Deuxième perquisition,* notai-je plus tard : *imperceptible balancement de la tête sur l'oreiller auquel répondait par des circonvolutions symétriques des globes oculaires. Une barque à la dérive. Et sa femme, Remedios, haussait les sourcils en permanence. Il ne s'agit cependant pas d'un détail important : elle a les sourcils comme ça depuis que je la connais. Ce qui me surprend, c'est qu'elle n'ait même pas été capable de changer son expression habituelle devant son mari agonisant… Ah, les détails ! »*

Je connaissais assez bien les Guernod. À Roquedal, leur nom de famille attirait l'attention : cela venait du fait que le père de Jacinto était français. Ils s'étaient installés dans le village au début des années soixante : Jacinto, sa femme, sa mère et son plus jeune frère avec sa propre famille. Jacinto n'avait pas eu d'enfants. Ils achetèrent à l'entrée du village un vieux magasin dont ils firent le premier grand atelier de réparation d'automobiles de Roquedal. Plus tard, l'atelier se prolongea en une petite boutique adjacente de vente de pièces détachées pour les moteurs. Jacinto travailla dur et bien au début, prit un ouvrier, deux, puis quatre – Joaquín n'était qu'un apprenti –, puis il cessa de travailler dur et bien. La richesse et l'oisiveté le mirent sur la pente de la boisson : il but autant ou plus que tout ce qu'il avait sué dans sa vie. On savait que Remedios, que l'on surnommait « la Chinoise », à cause de ses sourcils arqués et de ses petits yeux fendus, supportait mal ses terribles beuveries, au cours desquelles il finissait par l'insulter, voire par la menacer, parce qu'il croyait qu'elle couchait avec d'autres hommes. Jacinto avait déjà eu une attaque due à l'alcool, il avait été admis dans un hôpital, en ville ; malgré le fait que le docteur Torres lui défendait sans trêve de boire, il ne manqua jamais de bière chez lui. Quand on se mit à conditionner le vin dans des briques en carton – triste exemple de ce siècle d'atrocités esthétiques ! –, on raconte que Guernod en acheta une douzaine à Pereda, l'épicier, et lui dit en plaisantant : « Le docteur Torres m'a fait jurer qu'il n'entrerait pas une seule bouteille chez moi, pas même d'eau gazeuse. » C'était là une partie de ce que nous savions tous sur Jacinto.

Je cessai de contempler le combat de Guernod contre sa propre douleur pour contrôler attentivement la chambre. Quelques détails préalables – les nuages lents au-dessus de la mer, la poussière accumulée dans les coins – m'inquiétaient. Je décidai de mener mon enquête en embuscade.

Il est temps pour moi d'expliquer ce que j'entends par cette expression. Dans un cahier bien antérieur à ces faits, j'écrivis :

« Mener l'enquête en embuscade. Capture des détails du coin de l'œil. Lasso visuel pour emprisonner des oiseaux impossibles qui se posent pendant un temps indéterminé sur le seuil de l'attention. [Rayer ce qui précède. Très prétentieux.] Observation patiente de ce qui n'arrive jamais ou n'en finit jamais d'arriver. Espionnage de la vie.

Celui qui le décide peut voir pousser les feuilles d'un arbre.

Ma soif de culture me pousse à fouiller dans ma bibliothèque : les Hindous disent que l'orange est déjà dans l'herbe ou sur le point de tomber de l'arbre, mais que nous ne la voyons jamais tomber.

Cependant, investiguer en embuscade c'est voir tomber l'orange. »

Je passai sur les détails préliminaires : espace pas trop réduit pour une chambre, fenêtre avec volets et petits rideaux, lampes au plafond et sur la table de nuit, dessin à l'encre de la Vierge au Chat de Roquedal à la tête du lit, sous un grand crucifix, dix personnes dans la pièce – sans compter le moribond –, parmi lesquelles deux enfants, deux vieillards, le reste d'âge moyen, la moitié en pleurs, l'autre non. Ceux qui ne pleuraient pas : le docteur Torres, Remedios « la Chinoise », épouse de Guernod, les deux enfants et moi – le mort ne compte pas. C'était le recueil d'anecdotes habituel, le ramassis d'événements inutiles.

Bien, sur la table de nuit s'alignait un petit escadron de photos anciennes de formats divers, encadrées et altérées par la buée qui entoure les vieux clichés. On y voyait partout le même enfant : l'enfant avec ses parents, l'enfant avec ses grands-parents, l'enfant le jour de sa première communion, l'enfant solitaire. Guernod, qui n'avait pas de progéniture, s'était réfugié dans la contemplation de sa propre enfance. À côté des portraits, il y avait deux roses :

l'une se cachait entre les cadres, l'autre montrait le labyrinthe de ses pétales.

Je frissonnai. Il était difficile de ne pas s'en rendre compte, même sans mener l'enquête embusquée. *« Une poignée de portraits de Guernod enfant et deux roses. Sur la rose de droite, je remarque les mêmes crénelures que celles des nuages ce matin*, écrivis-je par la suite. *Quant aux portraits… »*

Je consultai l'heure à ma vieille montre de gousset : douze heures vingt-cinq. Le frère de Guernod, qui venait d'arriver, expliquait aux gens présents les avatars du moribond :

– À midi ou un peu avant, il a eu des nausées et il a craché du sang. Ce matin, il ne se sentait pas bien et il n'est pas allé travailler, mais quand nous l'avons vu vomir du sang, j'ai appelé le docteur. À midi dix, il a a été repris par les nausées, mais cette fois sans vomir. Il ne parle plus depuis, le pauvre. Au moment où on dirait qu'il va se remettre à parler, il a des nausées.

– Eh bien, qu'il ne parle plus, le pauvre homme, émit un voisin compatissant.

« *Les portraits me rappellent mes propres souvenirs d'enfance* », notai-je ce soir-là. L'un d'eux en particulier me semblait très lié à ce qui était en train de se passer.

J'étais âgé de cinq ans, peut-être six. J'avais terriblement mal à l'oreille gauche, et ma mère décida que c'était à cause d'une boule de cérumen, aussi prépara-t-elle un jour une cuvette et une poire en caoutchouc et m'envoya-t-elle un jet d'eau tiède sous pression à l'intérieur de l'oreille. Il tomba effectivement dans la cuvette un morceau de cire tordue de la couleur du fer oxydé, mais ce n'était pas tout. Il y avait également un petit insecte à très longues pattes. Comme je fus le premier à le voir, ma mère ne put faire disparaître la cuvette à temps. En fait, il s'agissait d'une araignée morte, de celles qui traînent dans la poussière, inoffensive mais répugnante. On pouvait supposer qu'elle s'était introduite plusieurs semaines auparavant dans mon oreille gauche et y était morte lentement d'inanition, incapable de trouver la sortie. Sa terrifiante agonie avait sans aucun doute été la cause de ma douleur.

Cette anecdote, en apparence banale, me donna ma première leçon profonde sur la vie : il existe de petits faits subtils qui agissent de façon invisible autour de nous et sont, cependant, transcendantaux ; menaces secrètes qui tissent finement leur toile en nous ; processus souterrains, détails horribles enterrés comme des filons pervers sous nos pieds, inaccessibles à la perception normale, qui décident, tels les Parques, des destins quotidiens. Ces détails, comme je l'ai déjà dit, peuvent être mis au jour par l'enquête embusquée.

« Il est logique que l'agonie de l'araignée constitue l'origine de ma douleur », pensai-je à cet instant, me rappelant mon expérience enfantine. « L'araignée meurt ignorée, mais ses coups de patte peuvent être perçus à travers les nôtres. Elle est le détail caché qui nous fait crier. » Je conclus ensuite : « À quoi ressemblent les méandres d'une oreille ? Aux spirales des nuages et aux pétales d'une rose ! »

Je serais peut-être parvenu à de surprenantes conclusions si je n'avais pas brusquement été interrompu par des cris et la voix impérieuse du docteur Torres :

– Bon, sortez tous de la pièce ! Tout le monde dehors ! Ça suffit, allez, ça suffit !...

Les cris de l'assistance étaient dus à un nouveau soubresaut de Guernod agonisant, accompagné d'un halètement de loup ; don Roberto décida avec raison que le spectacle était terminé.

Les enfants – toujours réticents quand il s'agit de rater une scène morbide – furent entraînés au-dehors par leur père, le jeune frère de Jacinto ; Remedios, « la Chinoise », et la vieille – cramponnée à son chapelet – sortirent accompagnées par d'autres voisins plus vite qu'on ne l'aurait recommandé compte tenu de leurs rôles respectifs ; le public ébaucha un long exode et se rassembla devant la porte, comme à la sortie des cinémas. Je voulus rester un peu :

– Docteur Torres... demandai-je, me retournant vers don Roberto.

– Allons, allons, don Baltasar – il me tapa dans le dos sans grande patience –, ne venez pas nous ennuyer maintenant, vous n'êtes pas de la famille, enfin. Devez-vous assister à toutes les tragédies ?

– De quoi est-il en train de mourir ? demandai-je, décidant d'ignorer ses critiques.

– Du foie. Allez, maintenant. Sortez !

J'allais lui faire part de mes terribles soupçons quand Remedios, « la Chinoise », revint, emmitouflée dans son gilet gris, avec les traits d'union de ses yeux diluviens.

– Et si on l'emmenait à l'hôpital, docteur ? On ne pourrait pas ? Vous savez que don Alberto dit que, en cinq minutes… !

– Écoutez, Jacinto agonise. Où préférez-vous qu'arrive ce qui doit arriver ?

Je les laissai seuls. Le couloir était tapissé de gens qui se dirigeaient vers la rue ou attendaient, à leur poste, un événement, et bien que plusieurs d'entre eux m'aient regardé avec curiosité, je n'étais plus le centre de l'attention à ce moment-là, aussi m'accordai-je le luxe de parler à voix haute, comme je le fais quand je suis seul chez moi :

– Du foie ?… Mais c'est un assassinat ! Et personne ne s'en rend compte !… C'est un assassinat !

Je décidai d'attendre dehors, sur le trottoir. Le temps traîna avec la terrible paresse qu'il manifeste quand nous souhaitons ardemment qu'il s'écoule. Enfin, à douze heures quarante-cinq, deux cris simultanés éclatèrent, en même temps que les sifflets pour indiquer les quarts d'heure des montres électroniques de certains, comme Juan Hernández, dont la mode commençait à se répandre au village. En voici la description :

« Douze heures quarante-cinq. Des hurlements tellement sauvages qu'ils n'en ont pas l'air au début. Mais nous les attendions tous.

Remedios "la Chinoise" passa le porche en proie à une crise de nerfs et gémit des paroles incompréhensibles. Derrière, la vieille s'échappa – cramponnée à son rosaire –, comme une âme en peine, et fut toréée par les voisins avant de tomber dans les bras de son autre fils, le seul qu'il lui restait. Plusieurs volontaires la retinrent. Jacinto Guernod apparut ensuite sous le porche.

Il titubait, comme le font les morts, plus pâle que le papier sur lequel j'écris, plus encore que les dalles anonymes de la guerre civile qui cohabitent au cimetière, plus que tous les murs blancs des maisons quand l'été arrive. Sa pâleur était comme un cri et avait l'apparence d'un bandage sur une blessure putréfiée ou la forme d'un ver repu de cadavres. Il me regarda fixement avec des yeux qui ne voyaient plus et dit :

– Don Baltasar, on m'a assassiné. Mais je ne suis que le premier. D'autres viendront par la suite… »

Certes, je n'ai pas vu Jacinto Guernod ni entendu ces mots, mais cela aurait bien pu se produire ainsi, et si tel avait été le cas, aucun petit malin n'aurait pu le démentir : les faits sont impossibles jusqu'au moment où ils se produisent, de la même façon que les enfants le sont jusqu'à ce qu'ils arrivent à la puberté, et il n'y a rien à ajouter. Mais, à quoi bon mentir, je n'ai pas vu Guernod. Du moins pas à ce moment-là. Ensuite, le soir, je souhaitai avoir eu une vision, et j'écrivis ces lignes.

Ce que je fis vraiment quand la femme et la vieille sortirent en criant, ce fut de profiter de la confusion pour m'introduire à nouveau dans la maison et me diriger vers la chambre. Comme j'avais déjà mon chapeau à la main, je n'eus pas besoin de l'ôter une deuxième fois. Près de la porte de la chambre, je vis le docteur Torres et le frère de Guernod, entré avant moi, qui pleurait maintenant à chaudes larmes.

Je constatai que, chaque fois qu'un homme pleure, du moins ici à Roquedal, le silence s'établit. Les pleurs d'une femme suscitent des paroles de consolation, de raison ou de simples expressions telles que « Allons ! », « Arrête, s'il te plaît ! », « Bon, ça va comme ça ! », mais l'on écoute les pleurs d'un homme avec davantage de ferveur qu'une *saeta*[1]. Le frère de Guernod pleurait donc et le docteur Torres ne lui disait rien.

Je m'approchai du cadavre et, soudain, je me sentis, comme lui, invisible. À l'abri de l'intérêt des autres.

Il existe un moment de brouillard au cours duquel nous passons complètement inaperçus même pour nos êtres chers : cela arrive un peu après notre mort mais un peu avant que nous ne soyons morts. Et que celui qui soupçonne une contradiction remarque que ce n'est pas la même chose de mourir que d'être un cadavre, comme ça ne l'est pas de naître que d'être le fils de quelqu'un : il y a un être qui naît et qui est

1. Oraison jaculatoire chantée dans les églises ou les rues lors de certaines cérémonies religieuses, particulièrement lors des processions de la semaine sainte.

ensuite un fils et un être qui meurt et qui est ensuite un mort. Lors de cette dernière transformation, il s'écoule un laps de temps au cours duquel nous tombons invariablement dans l'angle mort des autres, où personne ne nous voit. Les autres pleurent sur ce qui est parti, mais sont alors incapables de contempler ce qui reste. Dans ces limbes se trouvait Guernod : bien qu'il fût déjà mort, il n'était pas encore un *cadavre*, donc personne ne le regardait. Son invisible présence enveloppait la mienne et je pus le contempler à loisir sans être importuné.

Certes, Jacinto avait connu des jours meilleurs. Il avait un œil ouvert et l'autre presque fermé, mais l'aspect du premier faisait préférer, de loin, l'esthétique du second. La bouche, par une épouvantable symétrie, s'ouvrait sous l'œil ouvert et se fermait avec l'autre. Entre les lèvres séparées courait en filet une de ces compositions organiques qui n'apparaissent que lorsque nous mourons. Sa peau évoquait la tonalité marron de la bouse de vache, couleur qui était renforcée par la sclérotique de l'œil ouvert et présentait une variation insidieuse semblable à des citrons broyés. Il s'accrochait au lit des deux mains, comme s'il avait été suspendu au plafond retenu par le dos et avait dépendu d'elles pour ne pas tomber. Tout ce qui n'était pas tête ou bras était bedaine ; il est vrai qu'il l'avait toujours eue, mais elle était en cet instant évidente, obscène, gestatoire ; elle donnait l'impression qu'elle pouvait éclater si on la piquait avec une aiguille : c'était peut-être la bonne impression. La chemise, dont les boutons étaient tendus sur le sommet du ventre, se trouvait maculée de sang et de bile, mais d'anciennes taches de café que je remarquai sur sa manche gauche me firent plus de peine. Le reste du corps, inutile, était recouvert par les draps.

J'observai à nouveau la collection de portraits de lui enfant qui se trouvait sur la table de nuit et le relief intime, vulvaire, de la rose à demi fanée.

– Le foie… murmurai-je, oui, oui : le foie… Ah !

Je n'avais plus aucun doute.

J'allais quitter la pièce quand le dernier événement se déroula inopinément devant mes yeux. Il n'aurait pas été strictement nécessaire qu'il arrive, mais il renforça considérablement mes soupçons. Quand il prit fin – ce fut rapide et terrifiant –, je mis mon chapeau, empoignai ma canne et sortis de la maison en sifflant une vieille chansonnette de guerre que mon grand-père m'avait apprise enfant, en me la faisant répéter jusqu'à satiété. Cette nuit-là, je conclus les notes de mon cahier par ces phrases :

« Alors, enfin, nous avons vu nos visages. Quelle victime vas-tu choisir maintenant ? Ah, mais moi, qui te connais, je vais réussir à t'attraper avant que tu ne provoques un nouveau malheur ! Le sort en est jeté : Dieu décidera qui des deux doit gagner ! »

En m'éloignant de la maison, je pensai que j'aurais dû observer plus attentivement vers où se dirigeait l'épaisse arachnide noire que j'avais vue s'échapper de l'oreille gauche de Jacinto Guernod seulement quelques instants plus tôt.

Mais j'aurais bien le temps pour ça.

2

Derniers jours de María Auxiliadora Bernabé

Une semaine après le vendredi saint, deux depuis le meurtre de Jacinto Guernod, María Auxiliadora Bernabé Romero fut assassinée, ce qui constitua une immense tragédie. Naturellement, cela aurait pu être évité – c'est le cas de toutes les tragédies, celles qui sont inévitables s'appellent des « fatalités » –, mais l'intéressée ne tint pas compte de mon avis et je me comportai trop maladroitement au moment d'agir.

Certes, mes avertissements étaient difficiles à croire, encore plus à expliquer, mais pas moins que mon état nerveux qui m'empêchait d'être trop subtil : j'avais passé trois jours de suite dehors, après l'enterrement de Guernod, à surveiller sa maison depuis le coin de la rue pour surprendre l'araignée dès qu'elle sortirait. Mon instinct me disait que l'horrible animal ne choisirait pas de s'échapper dans la lumière du soleil : ce genre d'assassin préfère généralement se réfugier dans les ténèbres de la nuit pour perpétrer ses forfaits.

Je décidai donc d'attendre au coin de la rue Barracón qui donne sur la maison de Guernod, dès que l'agitation de l'enterrement aurait pris fin. Je choisis ce coin de rue et non le suivant pour différentes raisons : la plus évidente était que la rue Cruz, celle sur laquelle donne le porche de la maison, descend en pente jusqu'à la plage, de sorte que si je me plaçais à l'endroit le plus élevé, je pouvais parfaitement l'embrasser du regard ; une autre bonne raison provenait du fait que la maison contiguë à celle de Guernod était inhabitée, ainsi je n'aurais pas à craindre la curiosité des voisins de ce côté ; en dernier lieu, le coin de Barracón me protégeait du capricieux vent de la mer, qui allait et venait à sa guise dans la rue Cruz, élément non dénué d'importance pour qui, comme moi, porte un chapeau. Je dois me féliciter de ce plan, même si cela ne peut malheureusement pas durer.

Je reconnais que la première nuit je faillis m'endormir, mes genoux s'affaissèrent et je dus me retenir plus d'une fois à la gouttière proche pour ne pas tomber. Je fus assailli par le doute terrible que l'araignée ne se soit échappée pendant mes moments d'inconscience, mais je le conjurai par ce simple syllogisme : si tel était le cas, il n'y avait plus rien à faire, il était donc inutile d'y songer. Le lendemain, je pris la précaution de dormir tard dans la matinée pour rester éveillé pendant la nuit, et le sommeil n'exerça plus sa tyrannie sur moi.

Cela ne se produisit qu'au cours de ma troisième garde. L'ennemi, sachant en toute certitude que c'était moi qui le surveillais, retarda suffisamment son apparition pour être tranquille.

Et puis, il fit lui aussi un choix : il élut la nuit où la lune fut poignardée.

Je m'en souviens parfaitement : c'était la pleine lune, mais le disque pur du satellite, bien dessiné sur le rideau noir du ciel au bout de la rue Cruz, fut pénétré avec une sinistre lenteur par un nuage en forme de poignard, très pointu et rusé, qui le découpa en deux moitiés égales.

« Terrifiant événement, prélude d'un autre plus horrible : la lune a été tranchée comme du pain de mie. Le ruban découpeur était une sorte de poignard hindou, très pointu et aux bords ondulés », écrivis-je par la suite.

Juste un instant avant d'apercevoir ce crime cosmique, je distinguai le fils de Diosdado, celui de l'élevage de poulets, et l'un de ses amis, qui descendait la rue Cruz. Ils me virent eux aussi et se mirent à rire comme deux imbéciles, sur le trottoir d'en face :

– C'est juste le fou du cimetière ! s'exclama son ami sur un ton moqueur. Quelle frayeur !

Le fils de Diosdado – il s'appelait Ángel, Ángel Diosdado ; c'est incroyable, de s'appeler comme ça et d'être un pareil salaud – donna un coup de coude à son ami et continua à me sourire comme un crétin :

– Don Baltasar ! Que faites-vous là, sans bouger ? Rentrez chez vous, il est tard !

Bien que l'« ange » ne m'ait pas insulté, il me sembla beaucoup plus diabolique que son ami : j'ai le nez pour les hypocrites. Je préférai les ignorer et ils s'en allèrent, descendant la rue en riant. Ce n'étaient que deux gamins stupides et ils n'avaient pas soupçonné un seul instant l'ampleur du danger qui les guettait à quelques mètres de là.

Parce que lorsqu'ils disparurent au premier carrefour de la rue Cruz, après que je me fus rendu compte avec horreur du coup de poignard dans la lune, la massive et redoutable araignée noire sauta d'une des fenêtres grillagées du rez-de-chaussée de la maison de Guernod.

Je frissonnai de la tête aux pieds, c'est bien naturel, mais je me contentai de l'observer attentivement : je savais que le moindre faux mouvement de ma part l'alerterait et la ferait fuir à toute vitesse, et qu'en raison de l'avantage de ses six pattes de plus, je n'aurais aucune chance en cas de poursuite ; elle finirait irrémédiablement par s'échapper et se dissimulerait dans un recoin sombre, en attendant la nuit suivante pour agir. Lui accorder un certain degré de confiance faisait partie de mon plan.

Je restai donc au coin de la rue, aussi immobile que possible, sans perdre le monstre de vue. Ce dernier sembla rapidement sentir ma présence : il s'arrêta à mi-chemin de la chaussée, les crins de son abdomen poilu raides comme des piquants de hérisson, son ombre se projetant de façon grotesque sur la rue par les deux moitiés de la lune blessée, et redressa ce qui devait lui servir de tête. Je retins ma respiration pendant cet instant terrible, pensant qu'il m'avait découvert. Mais ce fut alors que la dégoûtante bestiole reprit ses mouvements secrets de voleur et grimpa sur le mur de la maison d'en face… entrant par la fenêtre grillagée des appartements de María Auxiliadora Bernabé !

Ce ne fut pas la meilleure des nouvelles. « Mademoiselle Bernabé… mon dieu, mademoiselle Bernabé… *pas* elle, non, de grâce ! » implorai-je mentalement.

Bien sûr, cette nuit il n'y avait rien d'autre à faire : mon assassin n'agirait pas avant deux jours au moins, ça j'en étais sûr, parce que sinon il éveillerait de dangereux soupçons parmi le voisinage. Mais maintenant que je savais qu'il se cachait dans la maison de mademoiselle Bernabé, comment faire pour l'attraper ? Des pensées contradictoires me brouillèrent l'esprit.

Quand je rentrai à la maison, mon état de nerfs était tel que je ne fus pas capable de me déshabiller, ni même de prier devant l'urne dans laquelle je conserve les cendres de mon père, comme je le fais habituellement : je me jetai sur le lit dans cet état de transe et y restai pendant un laps de temps indéfini. « Pas mademoiselle Bernabé !… Pas mademoiselle Bernabé !… », c'était l'unique pensée qui venait à ma conscience par intermittence. Je finis par me contrôler, ce qui me permit de bouger – à la différence de la majeure partie des gens, l'inquiétude me plonge dans une totale immobilité, comme pour certains chiens de chasse –, et quand je me sentis mieux, je me levai ; la première chose que je fis fut de noter les faits récents dans mon cahier. Ensuite, avant d'être vaincu par la fatigue, je passai le temps à concevoir mon futur plan d'action. Jacinto Guernod était mort d'une façon atroce, mais je n'allais pas permettre qu'il arrivât la même chose à mademoiselle Bernabé ! Pourquoi avait-elle été choisie ? Desseins mystérieux de Dieu, qui depuis Sodome n'a plus d'égards pour les justes.

Mademoiselle Bernabé, l'herboriste de la rue Cruz, avait toujours été une créature douce, aimable et bonne, un esprit plein d'abnégation qui avait dû connaître de nombreux motifs d'amertume tout au long de sa vie. Elle grandit, honnête et sympathique, bien que solitaire, et chaque fois qu'elle me voyait – à tout âge, enfant, adolescente ou femme – elle m'offrait des sourires, monnaie qui est devenue précieuse depuis que les gens en sont si dépourvus. Son père, Aparicio Bernabé, avait tenu une boutique minable au coin de la rue Cruz, qui est heureusement devenue une droguerie, celle des Mohedano. Entre voisins, on disait qu'Aparicio avait rêvé que son fils héritât de la misérable boutique et que, accroché comme la moule sur son rocher, il reprît le commerce de quatre sous qu'il avait lui-même fondé et dont il se sentait si fier (j'ai dit « quatre sous » par erreur, parce que le magasin rapportait de l'argent, mais l'on sait que l'avarice est la pauvreté qui se sent coupable, et Aparicio était un véritable radin qui n'avait jamais rien fait de ses gains, si ce n'est de les accumuler). Mais, que ce soit parce qu'il n'avait pas eu de fils, parce qu'il n'avait pas trouvé à sa fille de véritables dispositions pour continuer dans cette voie admirable, ou parce qu'elle l'avait elle-même refusé ouvertement, toujours est-il que le vieux avait fini par céder le local bien des années auparavant et s'était préparé à une mort patiente à côté de María Auxiliadora. À cela s'ajoutait le décès prématuré de son épouse et sa propre et longue vieillesse qui lui avait rongé le cerveau. Comme il n'avait que sa fille pour le soigner, cela impliqua la condamnation éternelle de la pauvre petite.

Quadragénaire depuis peu, María Auxiliadora habitait toujours la petite maison de ses parents aux côtés de son géniteur momifié, encore séduisante, célibataire, une vie gâchée. Elle était toujours aussi sympathique, mais cette claustration volontaire et son labeur constant d'infirmière avaient fait d'elle un être pâle, vieilli et dépressif, ce qui me causait une peine infinie : ces yeux bleu gris comme des pigeons ramiers ou comme la mer en hiver et ce sourire doux qui lui illuminait le visage chaque fois qu'il apparaissait méritaient autre chose, sans doute, que cette triste réclusion. Et le plus désagréable de l'affaire était qu'elle le savait.

Sa seule distraction consistait à vendre des plantes médicinales, comme sa mère bien longtemps avant elle, mais María Auxiliadora ne courait pas la campagne pour les chercher, elle les commandait à la ville, et parfois à Madrid ou à Barcelone. Mais sa réputation d'herboriste n'était plus à faire à Roquedal, et Paca Cruz, la pythie de la pension de famille sur la plage, m'avait dit un jour que ce que ne soignaient pas les herbes de mademoiselle Bernabé, le docteur Torres lui-même ne pouvait en venir à bout.

Je dis tout cela pour montrer la véritable affection que j'éprouvais pour cette gamine de quarante ans. Je me proposai d'empêcher dès le début que rien de mauvais – ou de pire – ne lui arrivât.

Le lendemain, plus frais après un repos bref mais réparateur, je m'habillai du mieux que je pus – cravate neuve, fleur légèrement flétrie au revers – et me dirigeai vers le village en direction de la maison de mademoiselle Bernabé. Je me sentais plus tranquille que la nuit précédente : après avoir choisi et écarté divers plans, j'étais parvenu à la conclusion que je ne pouvais rien prévoir avant de découvrir où se trouvait réellement l'assassin, car il existait une possibilité, faible mais porteuse d'espoir, qu'il eût abandonné cette maison pour aller se cacher dans une autre.

Mademoiselle Bernabé me reçut en personne, ce qui n'était pas étonnant étant donné qu'elle était toujours chez elle (et au cours de ses rares absences personne n'aurait pu m'ouvrir la porte, évidemment pas Sarita, la chatte noire au poil mité qui traînait silencieusement le ventre, seul être réellement vivant à part María Auxiliadora ; encore moins le vieil Aparicio, qui ne bougeait pas de l'endroit où sa fille le plaçait, comme un vase) :

– Don Baltasar, quelle surprise ! – à nouveau ce léger sourire si doux. Entrez !

J'ai dit que ses yeux étaient gris foncé comme des pigeons ramiers, mais je vais ajouter quelque chose : dans ses yeux, et seulement dans ses yeux, mademoiselle Bernabé était libre. Tout ce qui l'entourait n'était que barreaux, mais son regard immense la faisait chanter et voler à l'intérieur, comme un chardonneret. Je dirai aussi qu'elle avait le cheveu plat, déjà gris, ramassé en un chignon piqué d'aiguilles à l'ancienne, qu'elle protégeait son cou très blanc par un impeccable foulard à pois gris, et que la chère femme portait sur son gilet un petit épi de blé noir, une sorte de broche naturelle qui symbolisait parfaitement sa profession d'herboriste, bien que je la soupçonne de la mettre en raison de je ne sais quel souvenir de sa mère. Elle ne se maquillait jamais, mais son visage reflétait la beauté sereine d'une aube à la montagne. Comme elle ne sortait pratiquement pas de chez elle, le parfum des plantes lui collait au corps, et s'approcher d'elle revenait à respirer la menthe, le thym, l'eucalyptus et la verveine, à entrer soudain dans un bois minuscule au milieu d'un village comme celui-ci, qui ne sent que la mer.

J'ajouterai qu'elle faisait partie des rares personnes de Roquedal à ne pas m'insulter : je ne l'entendais jamais parler de moi comme du « fou du cimetière », elle me traitait toujours avec un respect irréprochable. Elle sentait peut-être ma solitude, de même que je sentais la sienne : nous étions tous deux maîtres du même malheur – chez elle, choisi, chez moi, imposé ; mais savoir si ce n'était pas l'inverse ! – et nous nous comprenions en silence.

– Je vous dérange, mademoiselle ? demandai-je sans me décider à entrer, en ôtant mon chapeau.

– Ne dites pas de bêtises ! Je viens justement de mettre de l'eau à chauffer ! Voulez-vous une menthe matinale ?

– Oui, merci beaucoup.

Je franchis le seuil, indécis.

– Vraiment, je ne vous dérange pas ?

– Vous en faites, des manières, aujourd'hui ! Quel dérangement ? Venez donc vous asseoir au salon !

J'avais déjà rendu visite à mademoiselle Bernabé – pour lui acheter des herbes contre les rhumatismes –, aussi ne considérai-je pas que j'avais tort de lui obéir. Je crois avoir dit que la maison était petite, j'eus alors l'occasion de le constater : la cuisine donnait directement sur sa chambre et sur le salon, et sa seule ventilation consistait en un petit vasistas, d'ailleurs fermé. Au salon, la fenêtre solitaire à double battant donnait sur la rue parallèle à la rue Cruz, la rue Solar. Elle comportait une sortie latérale qui conduisait à la chambre de son père, qui était la chambre principale et donnait également sur la rue Solar ; on ne pouvait accéder à celle de María Auxiliadora que par la cuisine. C'était une maison étroite et décrépite comme le cerveau de son propriétaire, chaque dalle, chaque plinthe, reflétait l'avarice d'un homme qui n'avait pas voulu dépenser ses sous pour améliorer son cadre de vie.

Sarita, la chatte, plus laide que jamais, installée par terre dans un coin de la cuisine, posait sur moi son regard d'opale savante des vieux félins. Je notai cette nuit dans mon cahier :

« Importante découverte. La chatte m'a prévenu. Ses yeux, planétaires, étaient partagés en deux par les fuseaux noirs de la roue du destin, comme hier la lune. Chercher des rapports avec la cavité centrale des nuages. »

Tandis que mademoiselle Bernabé revenait à la cuisine et fermait la porte, j'entrai dans le séjour et m'assis à la *mesa camilla*[1], non sans avoir auparavant poliment salué le vieil Aparicio, qui ne me répondit pas.

Je ne l'avais pas vu depuis longtemps, et je réprimai une grimace, comme quelqu'un qui oublie de remettre le fromage dans le réfrigérateur, et le retrouve quelque temps plus tard, grouillant de vers. Aparicio semblait d'une vieillesse infinie : il était chauve et ridé comme la cire qui coule pour refroidir ensuite à la base de la bougie ; il se recroquevillait dans son éternel fauteuil à bascule au point que ses épaules rivalisaient de hauteur avec sa tête ; ses mains, très développées – certainement beaucoup plus que son cerveau –, constituaient l'autre partie visible de sa peau : la droite révélait des ongles d'une longueur abominable, aux bouts presque noirs – dans une lutte à coups de griffes, Sarita aurait sûrement perdu ; son

1. Table ronde recouverte d'une nappe touchant le sol et pourvue d'un brasero, à résistance électrique, permettant de se chauffer.

regard ainsi que son expression baignaient dans le mal. « Mon Dieu, la pauvre femme vit donc avec ce monstre ? » pensai-je.

Il était là, silencieux et immobile dans son fauteuil, enfoui dans ses vêtements mais les mains – surtout la droite, aux ongles longs et noirs – complètement à découvert. Il aurait été moins obscène de montrer le reste de son corps. Derrière lui s'alignaient, sur une étagère qui montait jusqu'au plafond, d'innombrables flacons étiquetés et des sacs en plastique contenant des herbes. Comme la fenêtre était ouverte – il faisait beau – cela ne sentait pas trop la campagne, mais en voyant Aparicio assis là, cela me fit penser à un vieux tronc vermoulu planté au milieu de la forêt.

Je cessai de le regarder pour me concentrer sur ce que je devais faire. Comment allais-je explorer la chambre de María Auxiliadora sans éveiller de soupçons ? Les événements postérieurs m'évitèrent ce tourment… mais je ne sais pas si cela aurait été préférable ! Je transcris ce que je notai plus tard dans mon cahier :

« Mademoiselle Bernabé arriva avec deux infusions. Elle posa devant moi la tisane de menthe et s'assit à côté de son père pour lui faire boire une tisane d'herbes amères qui, d'après ce qu'elle m'expliqua, était bonne pour les reins. À en juger par son attitude d'adoration en penchant le verre pour faire absorber la boisson à Aparicio, on aurait dit une indigène offrant son tribut quotidien à l'idole sculptée dans la pierre. Pendant ce temps, elle continuait à me parler :

– C'est un enfant mal élevé – pflts, faisait le vieux en absorbant –, il faut tout lui donner bien qu'il soit capable de prendre certaines choses, n'est-ce pas que tu sais, papa ? pflts, sirotait le vieux. Bien sûr que tu sais, mais tu es très gâté... Que va penser de toi don Baltasar ? pflts, sirotait le vieux.

Je bus la menthe en respectant le répugnant rituel. Quand Aparicio eut fini de boire sa tisane – un grognement indiqua qu'il n'en voulait plus –, mademoiselle Bernabé me parla du bouquet de fleurs que lui avait commandé don Fernando, le prêtre, pour la procession de la Vierge au chat, Vendredi Saint. C'est un travail qui lui plaît.

– Quelles fleurs allez-vous mettre, si cela ne vous dérange pas de me le dire ? demandai-je immédiatement.

– Des violettes, bien sûr, répéta-t-elle. Quelle autre couleur conviendrait mieux à Notre Dame dans son infinie tristesse ?

Et à la façon dont elle prononça ce mot, "tristesse", en baissant la voix et en posant son regard bleu lointain sur un point du vide, on aurait dit qu'elle parlait d'elle-même et que ce beau bouquet qui lui faisait si plaisir était destiné à sa propre tombe. »

Je ne trouvais aucune excuse plausible pour aller fouiller sa chambre, car il n'était pas logique de lui dire la vérité (« Excusez-moi, mademoiselle, mais, si cela ne vous dérange pas, je vais entrer dans votre chambre pour y chercher une araignée noire large comme la main, gorgée de venin et de mauvaises idées, qui prétend vous assassiner. Je reviens tout de suite »). Je commençai à jeter des coups d'œil gênés en direction de la cuisine qui, comme je l'ai dit, était le seul accès à sa chambre, mais comme cela ne servait à rien non plus, mon inquiétude alla croissant. Elle le remarqua et se trompa sur la raison de mon malaise :

– Que vous arrive-t-il ? Vous avez froid ? Vous voulez que je ferme la fenêtre ?

– Non, non, merci. Ça va.

– Je vais aller la fermer, de toute façon, dit-elle en s'exécutant. Elle me sourit à nouveau et me fit un clin d'œil : C'est que, je ne sais pas si vous êtes au courant, mais ici, le « petit » n'aime pas que la fenêtre du salon soit ouverte, même en été. N'est-ce pas, papa ? – Le vieux ne répondit pas ; il continuait à me regarder avec mépris. Mais il aime que celle de sa chambre soit ouverte ! Vous comprenez ça ? Il a de ces manies. Il se plaint de tout : du froid, de la chaleur... Il veut vivre bien recouvert par les couvertures, comme un bébé. Il est si gâté !... Et ça aussi : qu'on ne le laisse pas seul un instant. J'ignore pourquoi il n'a pas protesté en me voyant entrer dans la cuisine. L'après-midi, quand je me mets à travailler avec les herbes et à cuisiner, je dois le prendre un moment et l'asseoir dans la cuisine, avec moi, pouvez-vous le croire ? J'ai beau lui dire : mais papa, la maison est si petite que tu ouvres un œil depuis ton lit, et tu me vois ! elle riait en regardant le vieux pour chercher son approbation ; mais Aparicio n'observait que moi, les yeux très fixes et très froids comme deux glaçons noirs. Rien à faire : il faut être à son service. Ah, vous non plus, vous n'aimez pas ces ongles !...

Ce commentaire me surprit et je frissonnai comme si je sortais d'un rêve : il était vrai que j'avais contemplé, d'une extrémité à l'autre, la gigantesque main droite d'Aparicio.

– N'est-ce pas ? Dites-le-lui, dites-le-lui une bonne fois, voyons s'il vous écoutera, don Baltasar ! Croyez-vous qu'il ne me laisse pas lui couper les ongles de cette main ? Il se met dans des états !... Vous trouvez cela bien, qu'un monsieur ait les ongles aussi longs ?

– Bien sûr que non, murmurai-je.

– Tu as entendu, papa ? Don Baltasar ne trouve pas cela bien, que tu te laisses pousser les ongles comme ça ! C'est une honte, n'est-ce pas ? elle me fit un nouveau clin d'œil.

– C'est une honte, répétai-je comme un automate.

– Il est devenu tellement maniaque ! Si je vous racontais... !

Et elle me raconta quelque chose, mais je cessai de l'entendre. Cette terrifiante main droite aux grosses veines, aux poils recourbés et aux taches de vieillesse, réclamait à nouveau mon attention.

Ces ongles longs et noirs.

Toc, toc, toc-toc. Les ongles frappaient le bras du fauteuil à bascule comme des corbeaux frappant un tronc de leur bec. Je m'apercevais maintenant qu'Aparicio n'avait à aucun moment cessé de produire ce bruit : toc, toc, toc-toc, deux coups de griffe séparés suivis de deux rapides. Le mouvement de ses deux doigts ressemblait à un tic, si fréquent à cet âge, inévitable et précis. Je décidai d'observer discrètement l'étrange main et son agitation rythmique.

Soudain, je compris l'horrible vérité.

La terreur me fit dresser les poils de la nuque. *« Incroyable leurre, ennemi astucieux et tellement sinistre ! »* écrivis-je ce soir-là. *« Ce n'est plus une araignée ; il a cessé d'être une araignée et il est maintenant… ! »*

– Don Baltasar, vous n'allez pas bien ? Mademoiselle Bernabé m'observait d'un air soucieux.

Un grognement du vieux m'évita de répondre. Je notai par la suite : *« Concordance exacte ! Voix rauque, vide, menaçante… ! "Tu m'as découvert."* C'était ce que disait le grognement. »

– Oui, papa. C'est don Baltasar, tu ne le reconnais pas ?

Un autre terrible grognement.

– Je ne te saisis pas, papa…

Un autre grognement plus fort et prolongé.

– Papa, je ne te comprends pas. Qu'est-ce que tu veux ? Mademoiselle Bernabé chercha mon appui du regard. C'est toujours la même chose : il demande beaucoup, mais il faut connaître le chinois pour le comprendre, le pauvre ! C'est de l'eau, papa ? Tu veux de l'eau ?

Un autre grognement. « … "Je te veux toi." *Voilà ce que disait le grognement. »*

– Tu as froid ? Tu veux que je te couche ?…

– « … "Je veux ta jeune vie." *Voilà ce que disait le grognement. »*

– Est-ce que… tu t'es sali ?

« … "Ton cœur derrière les grilles. Je veux ton cœur de jeune fille." *Voilà ce que disait le grognement.* »

Je me levai d'un bond, incapable de prononcer un mot. Il n'y avait pas de doute que j'avais écouté les mêmes sons infra-humains que mademoiselle Bernabé, mais dans mon imagination rendue fébrile par la terrible découverte, je pensai qu'ils formaient ces phrases.

– Ne partez pas, don Baltasar, je change mon père, dit mademoiselle Bernabé. Je vous assure que je n'en ai que pour un instant… Je le change et je reviens vous voir.

Je perçus une vague supplication sous ces paroles aimables et parvins à contrôler mes nerfs. « Venez, venez, Baltasar : un bon détective ne peut flancher dans les moments cruciaux », pensai-je, en reprenant courage.

– Restez assis, c'est un ordre ! me dit-elle, sans perdre sa bonne humeur. Ou allez à la cuisine pour vous préparer une autre infusion de menthe !

– J'attendrai, lui dis-je, tentant de sourire.

Je fermai les yeux tandis que mademoiselle Bernabé interprétait intégralement la scène complexe de lever son père et de le faire marcher sans lui manquer de respect, en lui parlant toujours avec douceur :

– Allons, papa… le pied droit… non, un peu plus… attention maintenant… allons… maintenant… comme ça, papa… Si tu y mets du tien, ce sera plus facile… comme ça… maintenant l'autre pied…

Je restai à l'attendre dans le salon, évaluant les diverses possibilités qui s'offraient à moi. Que devais-je faire ? Comment pouvais-je l'attraper maintenant ? De quelle façon l'empêcher de consommer son épouvantable crime ? Des pièces intérieures me parvenaient le remue-ménage des vêtements et les grognements d'Aparicio. Au bout d'un instant, la voix de tête très claire de mademoiselle Bernabé s'éleva, pleine de dégoût :

– Non papa, laisse ça ! Ne touche pas ça, papa !... Je t'ai déjà dit que... !

J'eus soudain peur, mais je sus immédiatement de quoi elle parlait. Depuis longtemps on connaissait la pénible habitude du vieux – bien qu'excusable en raison de son abjecte sénilité – de jouer avec ses excréments. Plus d'un voisin de la rue Solar, sur laquelle donnait sa chambre, se plaignait qu'il les jetait avec une grande adresse par la fenêtre qu'il laissait toujours ouverte à cette fin, et qu'ils tombaient directement sur des objets et même – en plusieurs occasions regrettables – sur les personnes qui passaient alors par là. C'était véritablement une déplorable habitude... mais, après ma découverte, j'en conclus qu'il s'agissait de la moins dangereuse !

Cependant, que pouvais-je faire ? Je me sentis soudain aussi faible et solitaire que la vieille chatte Sarita qui sortit alors de la cuisine en traînant son corps grotesque à terre tout en me lançant un miaulement brisé. « Oui, je sais, je sais où est l'ennemi, mais que puis-je faire ? pensai-je avec tristesse. Si quand tu es en chasse, tu trouvais, au lieu de la souris jeune et petite, un vieux chien énorme aux dents pointues, que ferais-tu ? que pourrais-tu faire ? »

Mademoiselle Bernabé tarda peu en effet, mais elle me trouva debout à son retour.

–Vous partez, don Baltasar ?

– Oui, il se fait tard, dis-je. Merci pour la menthe, mademoiselle. Et pour la conversation.

– Mon Dieu, que de manières, aujourd'hui ! Ne me remerciez pas et revenez demain, voilà ce que vous devez faire !

À nouveau, ce léger sourire surprenant, si doux, qui lui illuminait le visage !

Je crois que ce fut son sourire qui me fit réagir. Elle me raccompagna à la porte puis, sans en pouvoir davantage, je me retournai vers elle en jouant nerveusement avec l'aile de mon chapeau entre mes doigts.

– Mademoiselle… j'ai quelque chose à vous dire.

– Non, je l'aurais parié ! Vous avez une tête, aujourd'hui, je m'en doutais ! Quelles herbes vous faut-il, cette fois, voyons…

– Non, ce ne sont pas des herbes. Ce que je vais vous dire va vous sembler bizarre, mais écoutez-moi, je vous en prie.

–Vous me faites peur ! Que se passe-t-il ?

Je revois encore sa silhouette simple, son visage étonné d'enfant solitaire dans une pièce sombre, debout sur le seuil, la porte d'entrée ouverte, elle tournant le dos à la noirceur de la maison et moi debout dans la lumière de la rue. Je ferme les yeux et je revois ces images.

– Rien, ne vous inquiétez pas, la rassurai-je par un mensonge. Il s'agit de… votre père. Surveillez votre père, mademoiselle.

– Que je le surveille ! Il est bien surveillé ! sourit-elle ! Allez, ne vous inquiétez pas pour lui, vous êtes trop bon… !

– Je ne m'inquiète pas pour lui mais pour vous. Veillez sur votre père.

– Oui, je dois le faire : le jour où nous nous y attendrons le moins, il va nous faire une belle peur…

– Dites-moi, l'interrompis-je, la porte de votre chambre possède-t-elle une targette, mademoiselle ?

Elle ouvrit ses yeux gris foncé pleins de bonté, terrifiée.

– Vous posez de ces questions, don Baltasar !…

– Poussez la targette tous les soirs, je vous en conjure. Et ouvrez la fenêtre : ainsi, vous pourrez fuir si nécessaire. C'est très important croyez-moi ! Mais il n'y a pas que ça : serait-il possible de fermer la porte de la chambre de votre père *de l'extérieur* ?

– Jésus Marie ! Pour quoi faire ?

– Ne le laissez pas sortir de sa chambre !

– Sortir ? Mais il ne peut pas bouger sans mon aide !…

– Écoutez-moi : ne le laissez pas sortir, surveillez-le, ne le perdez de vue à aucun moment, ne lui tournez pas le dos, ne vous endormez pas sans vous assurer qu'il s'est endormi auparavant, et même ainsi, essayez de rester éveillée aussi longtemps que vous pourrez… !

– Don Baltasar, s'il vous plaît, calmez-vous !

Je n'oublierai jamais son regard : celui des brebis quand on les conduit, sans le leur dire, à l'abattoir.

– Croyez-moi, je vous en supplie ! l'implorai-je.

– Bon, bon, ne vous inquiétez pas, laissez-moi maintenant, laissez-moi… ! dit-elle, pressée.

Je ne connaissais que trop bien cette façon de s'adresser à moi ! Chez elle, cependant, elle était peu fréquente. Comme je vis qu'il était inutile d'insister, et que nous attirions l'attention, je pris congé par une dernière révérence, enfonçai mon chapeau sur ma tête, fis demi-tour et partis dans la rue inondée de soleil, les entrailles parcourues par des frissons.

Comme on le supposera, je doutais fort que mademoiselle Bernabé suive point par point mes instructions, aussi décidai-je d'assurer mes propres tours de garde.

Ce ne fut pas une tâche facile : je devais surveiller alternativement la rue Cruz, sur laquelle donnait, je l'ai dit, la fenêtre de mademoiselle Bernabé, et la rue Solar, sur laquelle donnait celle de son père. Mais comme peu de choses résistent à la volonté humaine, je parvins à mener à bien avec la détermination et la fermeté de mes desseins, ce qui semblait tout d'abord non seulement ardu mais impossible.

Ce furent des veillées solitaires ! Je sortais tous les jours de chez moi vers onze heures du soir, dans le but d'arriver sans me presser au village, déjà plongé dans l'obscurité et le vide, les commerces, les fenêtres et la majeure partie des yeux clos, à l'exception de ceux qui se trouvaient dans les bars. J'arrivais environ un quart d'heure après être sorti, ce qui n'était pas un mauvais rythme, et je me plaçais, l'air de rien, debout au coin de Barracón d'où j'avais épié la maison de Guernod, même si ce que je surveillais maintenant était la chambre de mademoiselle Bernabé. Ayant décidé que l'ennemi méritait davantage de travail que l'allié, un peu après deux heures du matin, je me rendais rue Solar et observais du trottoir d'en face la fenêtre du vieux, en restant à mon poste le reste de la nuit.

Le froid redoublait de vigueur à cette heure. On était au mois d'avril, et nous les gens du Sud, plus encore ceux de la côte, ne sommes pas très familiarisés avec l'humidité du soir. Le fait qu'il pleuve deux nuits de suite, juste avant les processions, événement chaque fois merveilleux dans ce village andalou perdu, là où il y a trop d'eau sur la côte et où elle manque toujours dans le ciel, aggrava encore les choses. Mais il me fallut tout supporter, y compris les averses, qui me prirent les deux fois au dépourvu rue Solar, sans parapluie et incrédule, je dus donc me réfugier comme je le pus sous les minces corniches de la maison de Huertas, le voisin d'en face, si effrayé que j'en tremblais même. Mais, voyez comment sont les émotions, le destin de mademoiselle Bernabé me semblait infiniment pire que mes souffrances : « La pauvre, la pauvre petite, pensais-je, elle n'est pas coupable, elle ne mérite pas ça, elle a toujours été bonne et douce… Elle ne mérite pas de mourir ainsi… Tout ce que je pourrai faire pour l'empêcher ne sera pas grand-chose. »

Venu le temps des processions, ma surveillance devint un peu plus facile. Les gens, les enfants qui se couchaient tard et peuplaient la nuit de cris, les sonneries de trompette et les roulements de tambour, les *saetas* lointaines que l'on chantait sur la place et, enfin, tous les événements propres à ce genre de cérémonie, soulageaient un peu mes tourments : quel pouvoir que celui de la solitude, si amère que la simple présence des gens autour de nous parvient à nous consoler, même si personne ne fait attention à nous ! Et puis, à ce moment, il cessa de pleuvoir et je pus supporter ma veille plus facilement.

Ma garde prenait fin au moment où j'apercevais à l'horizon de fermes propositions d'aube, et je regagnais, fatigué mais satisfait, comme une armée qui viendrait de livrer une très dure bataille d'où elle serait sortie victorieuse, ma maison froide et solitaire. Ainsi, jour après jour, nuit après nuit, en me levant au coucher du soleil, en me couchant à l'aube, il était naturel que je me demande combien de temps mon corps allait le supporter, combien de temps je devrais me sacrifier pour la belle vie de cette femme pleine de bonté. Et il n'était pas moins naturel de conclure que j'étais voué à l'échec, parce que les êtres humains peuvent parfois affronter l'impossible, mais jamais l'infini.

Plusieurs nuits avant le jour de la tragédie, bien qu'elles soient postérieures au vendredi saint, mon ennemi décida de me dire «je suis là», au cas où je l'aurais oublié.

Les gardes étaient redevenues ennuyeuses après l'agitation des processions mais, au moins, il avait cessé de pleuvoir. Et comme l'habitude est une grande maîtresse et une entraîneuse experte, cela ne me coûtait plus autant d'efforts de rester vigilant jusqu'au moment où la clarté des nuages prenait ma relève. Pendant tout ce temps, soit dit en passant, je n'avais rien remarqué d'étrange, ni dans la chambre de mademoiselle Bernabé, ni dans celle de son père, et je commençais presque à caresser l'espoir que mon assassin eût réfléchi en voyant mon inébranlable ténacité, et eût choisi une autre victime. Mais, hélas, comme ce que nous désirons devient le mirage d'un fait : ce qui était certain, c'était que mon ennemi faisait au moins preuve d'autant de ténacité que moi, et deux ou trois nuits après la semaine sainte, j'eus l'occasion de le constater.

Il se produisit simplement que le vieux surgit de l'obscurité de sa chambre et resta debout derrière la fenêtre entrouverte en me regardant en silence, immobile, comme il l'avait fait chez lui quelques jours plus tôt.

Cela fut tout, pourtant même aujourd'hui, dix ans après, j'en ai la chair de poule rien que d'y penser. J'ignore comment j'eus le courage de rester aussi immobile que lui et de le défier du regard. Pas pour lui parler, comme je le fis la nuit suivante, quand les faits se reproduisirent.

En réalité, Aparicio se contentait de rester immobile pendant un moment en m'observant comme je l'observais moi, mais pas de la même façon, parce qu'il le faisait depuis la mort, et moi, depuis la vie, lui depuis le crime et moi depuis la justice : un abîme sans fond séparait nos regards. Ensuite, comme s'il avait su qu'il m'avait suffisamment vu, il se retirait tranquillement et revenait à l'obscurité de la chambre. La première nuit, l'horreur que je ressentis ne me permit que de brèves exclamations, comme qui tente d'effrayer un tigre avec des pierres.

– Sors !... Dehors... Va-t-en !... Allez !... Non !... «Et si je prévenais mademoiselle Bernabé ?» pensais-je. Comme ça, elle pourrait voir que je ne mens pas. Puisqu'elle croit que son père ne peut pas se déplacer sans son aide, elle serait enfin convaincue que... « Non, ce serait inutile : en fait, elle a raison, son père ne peut pas se déplacer. *Celui que je contemple en ce moment n'est pas son père.* Cela ne sert à rien d'expliquer à un jeune enfant ce qui est mal. Il ne sert à rien de raisonner un fou, si l'on est sain d'esprit. Non : chaque chose requiert un ordre, et chaque tâche la personne pour l'exécuter. » Je raisonnais ainsi pour conjurer la peur.

Et, le lendemain soir, je décidai de prouver à l'assassin que moi non plus je ne me rendais pas. Quand le vieux apparut par le trou rectangulaire de la fenêtre, à peine éclairé – mais c'était suffisant – par la lumière des lampadaires, avec son crâne décharné couleur de chaux vive et ses mains griffues et ridées, je rassemblai tout le courage que j'aie jamais eu et que je n'aurai plus jamais pour lui asséner :

– Laisse-la tranquille, mort-vivant ! Ne t'avise pas de la toucher ! Quitte cette maison une bonne fois pour toutes ! Tu crois que tu vas avoir le dessus ? Je suis prêt ! Tu penses tenir plus longtemps que moi ? Nous verrons ! Ne sois pas aussi sûr de toi, je te connais ! Moi, parmi tous les êtres que tu détruis, je te connais !...

Mon ennemi fit comme s'il n'était pas concerné, il se contentait de me regarder et je n'en étais pas entièrement sûr, parce que je ne voyais pas ses yeux mais les cavités floues dans lesquelles ils devaient être enterrés, noirs et froids comme l'annonce de notre mort. Je n'élevais pas la voix par crainte de réveiller les voisins, mais je savais parfaitement qu'il m'entendait.

– Tu as tué Jacinto Guernod, et c'était mal, bien que cet ivrogne l'ait peut-être mérité !... Mais laisse une autre chance à mademoiselle Bernabé ! Permets-lui de jouir de la dernière jeunesse qu'il lui reste, démon répugnant !... Je te jure que si tu lui fais du mal tu le regretteras jusqu'au dernier jour de l'enfer, parole de Baltasar Párraga !...

Je criai ces bravades, ou d'autres dans le genre, puis mon adversaire revint avec un calme absolu à l'obscurité de sa chambre.

Je considère comme très honorable de déclarer que, s'il n'y avait pas eu de causes majeures, ma volonté n'aurait jamais été directement responsable de ce qui se produisit et même, qui sait, peut-être aurais-je pu résister plus longtemps au point d'épuiser la patience ou l'énergie de l'assassin.

Mais ce fut mon corps qui s'épuisa. Tant de nuits de garde, tant d'imagination terrifiante, et surtout la maudite pluie que j'avais supportée, présentèrent la facture à mon organisme et j'attrapai, le lendemain du jour où je défiai le monstre, un mauvais rhume, qui ne convient pas à un héros détective et qui, mal soigné, se transforma en infection des bronches. Cela n'est bon pour personne, mais ça l'était encore moins à mon âge, aussi dus-je garder le lit une seule nuit, entre la fièvre, le délire, la solitude, la peur, les craintes et la toux, qui était forte. Comme je n'avais pas le téléphone chez moi, je ne pus même pas recevoir l'aide, le plus souvent inutile, du docteur Torres.

Il y eut une seule nuit, mais cela suffit.

Le lendemain, j'ouvris les yeux tard dans la matinée, je me sentis un peu mieux, me levai et me penchai à la fenêtre de ma chambre : je contemplai la cour négligée de ma vieille maison et un grand pan de ciel. Je pensai que c'était le plus beau jour que nous ayions eu jusqu'alors dans ce printemps instable, et je me dis : « Une nuit sans surveillance ! Quel désastre ! Pauvre petite, pauvre petite fille... »

Je m'habillai précipitamment, sans cesser de tousser et d'expulser des humeurs, de plus en plus inquiet tandis que la matinée devenait de plus en plus belle, et je partis en courant vers le village.

J'arrivai fatigué et essoufflé, mais à temps pour voir que l'on sortait le cadavre de mademoiselle Bernabé sur un brancard pour l'engouffrer dans une ambulance inutile. La couleur de ses yeux, ouverts de façon démesurée, semblait lui avoir teint le visage tout entier comme de l'encre renversée : elle avait le visage violacé et des taches rouges sur les joues, comme des traces de sang. Sa bouche était déformée par le grand effroi de la mort. Pour le reste, elle était la même : le même chignon gris avec des pinces, le foulard à pois et même l'épi de blé noir fixé sur le gilet se balançant avec les va-et-vient du brancard. Deux infirmiers la transportaient, et un troisième recouvrit du drap la flagrante injustice de son pauvre visage. Il y avait aussi des gardes civils et des pompiers. La maison avait été ouverte et ventilée, mais on respirait encore l'odeur du gaz.

– Comment cela a-t-il pu arriver ? demandait un des nombreux voisins qui se pressaient à sa porte.

– Le tuyau en caoutchouc du butane s'est coupé, intervint l'autre, et la maison est si petite que sa chambre s'est immédiatement remplie de gaz ; la pauvre, elle dormait et ne s'est pas réveillée…

– Je suis venue la voir plusieurs fois ! disait une autre voisine. La maison est très petite, c'est vrai, et la pauvre dormait à côté de la cuisine…

– Quelle horreur.

– La chatte est morte elle aussi.

– Quel désastre, mon dieu.

– Celui qui a eu de la chance, c'est le pauvre Aparicio, commenta la sage voisine qui leur avait rendu visite « plusieurs fois ». Bien sûr, comme il dormait dans la chambre la plus éloignée, et toujours la fenêtre ouverte, on sait pourquoi… !

– Rendez-vous compte, jeter des saletés dans la rue a sauvé la vie au vieux, dit, comme sans y penser, l'homme qui était à ses côtés, et qui devait être son mari parce qu'elle lui donna un coup de coude.

– Une vie de sacrifices à soigner son père, pour finir comme ça…, déclara une autre voisine, qui était âgée. Nous sommes tous dans les mains du Seigneur…

Sans perdre plus de temps à en écouter davantage, je me faufilai rapidement entre les gens et parvins à me glisser dans la maison. Deux pompiers et un garde civil – je reconnus le commandant Marchena – inspectaient les tuyaux du gaz dans la cuisine. Toutes les portes étaient ouvertes, de même que la fenêtre du salon, seulement la maison ne sentait plus la campagne mais les camps de concentration. Je supposai que je ne disposais que de quelques secondes avant que les infirmiers ne reviennent chercher le vieux, s'ils ne l'avaient pas déjà emmené.

– Eh, le fou, le fou est entré ! dit un voisin dans mon dos ; je n'ai toujours pas pu savoir qui m'avait dénoncé.

Je pénétrai dans la chambre du vieux comme une fusée, levant ma canne en guise d'arme en prévision de ce qui pourrait m'attendre.

– Tu es arrêté pour l'assassinat de Jacinto Guernod et María Auxiliadora Bernabé, criai-je à ce qui gisait dans la chambre. Rends-toi !…

Don Aparicio, enfoui sous les couvertures, adossé à deux coussins sous un crucifix énorme comme une faux et entouré par une odeur fétide de choses mortes, me décocha un grognement aux aguets. De sa main droite, celle des griffes, il pétrissait lentement quelque chose, et je n'eus pas à y regarder à deux fois pour savoir ce que c'était. Je compris vite les intentions de mon ennemi.

– Non ! m'exclamai-je, me jetant sur le vieil homme en même temps que deux gardes civils entraient dans la chambre et me retenaient.

Et alors ! Je me réjouis maintenant de ce que ces agents aient réfréné ma première impulsion et m'aient arrêté. Aparicio avait cessé d'être important à cet instant ; et même, il avait cessé d'être important pour toujours ; il avait joué son rôle et fait son travail exactement comme mon assassin le souhaitait, et maintenant il était exclu. De plus, je n'aurais jamais pu arriver à temps pour l'empêcher de faire ce que je savais qu'il allait faire, car dès que les deux policiers m'eurent réduit par la force, le vieil homme, finissant de pétrir ses selles à son goût, leva la main et les jeta par la fenêtre ouverte. Il y mit une telle violence qu'elles traversèrent l'étroite rue Solar comme un coup de fusil et allèrent s'écraser sur la fenêtre du voisin d'en face. Tandis que les autorités me faisaient sortir de la pièce, j'eus encore la possibilité de voir quelqu'un ouvrir cette fenêtre, sans doute intrigué par le bruit de grêle formidable, et contempler avec une expression d'intense répugnance ce qui n'était que son propre destin écrit avec de la merde glissant, putréfié, sur la vitre.

Il s'agissait de la jeune fille de Huertas.

Elle s'appelait Paz.

3

Chœur tragique autour de Paz Huertas Mohedano

Résolu à empêcher l'inexorable tragédie qui se refermait sur la fille de Huertas, je pris la décision de la suivre jour et nuit où qu'elle aille, fatigué bien que fidèle comme un vieux chien.

Paz n'avait que quinze ans et était la fille de Casimiro Huertas et Ramona Mohedano. Les Mohedano avaient déjà connu de tristes précédents au village : une cousine de Ramona avait autrefois vu ses jours abrégés de façon tragique et subite, dans la fleur de l'âge, en tombant dans un abîme sur la route de la forêt. Je pensai que c'était un mauvais présage pour une jeune fille qui, bien qu'elle ne ressemblât pas tellement à Amparo, était également très belle. Les cheveux longs et flottants – encore plus beaux si elle ne s'était pas fait des mèches blondes, comme toutes les jeunes filles aujourd'hui –, Paz avait de plus une jolie silhouette, qu'elle veillait à mettre en valeur aux yeux des autres en portant des vêtements très ajustés, et une allure élégante corrigée et accentuée par sa façon de danser, qui retenait l'attention des gens même dans une région comme la nôtre, où nous sommes tellement habitués à ce que les filles nous stupéfient dès l'enfance par leurs mouvements.

Casimiro, son père, était – et est – le pêcheur du marché sur la place, même s'il a ouvert dernièrement un commerce florissant rue Constitución. C'était déjà le cas à l'époque, et il avait parfaitement les moyens de faire suivre à ses enfants toutes les études qu'ils voudraient bien faire.

Malheureusement, aucun des trois n'en fit beaucoup. Julio, l'aîné, se consacra à aider son père et dirige aujourd'hui la deuxième poissonnerie. Ramiro, le cadet, après quelques folies de jeunesse, semble également préférer travailler que suivre des études – même si je trouve Ramiro plus vif et éveillé que Julio, qui a la tête si dure, comme nous le verrons. Quant à Paz, l'enfant du milieu, sa chère fille, elle n'était ni chair ni poisson – cela n'avait jamais été dit aussi à propos : Casimiro la considérait comme spéciale ; ses petits doigts ne devaient pas être tachés par les cadavres des morues, des dorades et des anchois, mais elle ne voulait pas suivre d'études non plus, qu'y faire ! L'important était qu'elle soit heureuse. Bien sûr, son père souhaitait qu'elle fasse des études universitaires, par exemple de pharmacie, qu'elle s'installe dans la capitale et mène une vie aisée ; mais si le premier vœu ne pouvait être exaucé, alors que ce soit le second, et si celui ne pouvait l'être non plus, au moins celui de la vie aisée. Surtout, qu'elle soit heureuse, par-dessus toute autre considération.

Mais à l'époque où je commençai à m'intéresser à elle, Paz avait déjà pris sa décision, qui n'était pas précisément celle que Casimiro attendait. Innocente ? Coupable ? Une jeune fille de cet âge, aussi mûre qu'elle se croit, est toujours innocente, c'est du moins mon avis, et ne mérite pas le destin qui semblait lui être réservé. Je résolus donc de laisser les jugements moraux de côté et de me consacrer à fond à arrêter mon assassin avant qu'il n'accomplisse son nouveau méfait.

Je suivis Paz, comme je l'ai dit (je préciserai que la Garde civile m'avait ensuite laissé libre de m'arrêter chez mademoiselle Bernabé. Après m'être fait réprimander par le commandant Marchena – qui me connaît et est un homme aimable et compréhensif –, je pus me consacrer à nouveau à mon travail). Ce n'était pas difficile : le matin, dès qu'elle sortait (elle devait aider sa mère à la maison, ou, plus probablement, elle se faisait belle pour sortir), et le soir, même si elle se reposait les lundis, mardis et mercredis, elle partait faire la fête avec un groupe d'amis les autres jours de la semaine. Ma surveillance se limita donc essentiellement aux nuits où elle sortait s'amuser, puisque j'en déduisis que l'assassin n'allait rien tenter chez elle, avec toute sa famille à proximité.

Les amis de Paz étaient comme elle, mais pires qu'elle : mal élevés, querelleurs, buveurs et bien d'autres choses. Ils passaient habituellement à La Trocha puis au bar du Romeral et après avoir dansé quelques *sevillanas*[1] dans les deux bars – c'était surtout Paz qui dansait –, ils finissaient la nuit à La Sirena, la seule discothèque de Roquedal, ou dans la solitude de la plage. D'autres filles intégraient parfois le groupe, mais la plupart du temps elle était la seule parmi tous ces morveux. Quand c'était le cas, la fille de Huertas ne laissait pas passer l'occasion de s'autoproclamer reine de la fête. À part son nom, Paz n'avait rien de pacifique.

Pendant leurs premières bières à la Trocha, je m'asseyais discrètement à une table à l'écart, je demandais une tisane de menthe à Joaquín, le garçon, et je la surveillais. Ses amis achetaient de la bière au litre et commençaient la fête en buvant au goulot à la ronde. Alors, s'il y avait de la musique – et Joaquín veillait à ce qu'il y en ait –, généralement du flamenco, Paz complétait la ronde avec quelques *sevillanas* bien exécutées, très désinhibée par l'alcool et les regards, seule ou avec un camarade, cela ne la dérangeait pas, tandis que le reste du groupe battait des mains. Puis ils allaient à Romeral avec d'autres bouteilles et danses, et finissaient parfois à La Sirena, où je n'entrais pas parce que la surveillance me paraissait excessive et parce que de toute façon on ne m'aurait pas laissé entrer. Je savais pourtant que le groupe optait là pour les boissons fortes, rhum-coca ou tout autre mélange explosif qui a tant à envier au bon vin. Mais j'ai dit que la soirée s'achevait parfois à

1. Danses flamenco de la région de Séville.

la discothèque : en général, Paz partait avec ses amis continuer la fête en ville à l'arrière d'une moto ou sur le siège avant d'une voiture. Ils partaient souvent tous à la plage et dansaient dans l'obscurité. C'était le parcours normal – ou plutôt « habituel » – du jeudi au dimanche, et je commençais à trouver que Casimiro, dans son désir de faire en sorte que sa fille mène une vie libre, l'avait bien libérée.

En ce qui concernait mon astucieux ennemi et ses mystérieux plans, je ne remarquai rien les jours précédant la fête des Rois de Mai, la plus importante de notre village après la semaine sainte, sorte de défilé de géants et de grosses têtes de tradition séculaire qui est devenue, comme tant d'autres choses, une excuse pour passer la nuit dehors et boire à l'excès. Deux jours plus tôt, le jeudi, je commençai à percevoir quelque chose au bar La Trocha, tandis que Paz dansait avec ses amis. Je l'ai décrit en ces termes dans les notes de mon enquête :

« Il y a des phrases, des phrases isolées, parfois juste des mots, qui s'entrecroisent en l'air comme des corbeaux autour d'elle pendant qu'elle bouge ! Il faudrait les noter tous pour connaître le texte entier ! Mais il y a une chose que je sais : ils composent un chant funèbre. »

Les taches de café avec lesquelles j'ai maculé les feuilles de mon cahier en écrivant ce qui précède persistent – cercles bruns –, parce que j'ai écrit directement sur la table du bar.

Voilà ce qui était arrivé : Paz avait achevé la première *sevillana* et scandait fort bien la deuxième du pied ; sa chevelure, vertigineuse, passait d'un côté à l'autre de sa tête en découvrant et en dissimulant alternativement son visage ; on pouvait même apercevoir les gouttes de sueur sur son front. Ce fut alors que l'un de ses amis, accoudé au comptoir, la désigna du doigt tandis que les autres frappaient des mains :

– Toi ! s'exclama-t-il.

C'était si simple ! Mais il me sembla que cela cachait une mystérieuse clé. Je décidai de faire mon enquête embusquée et fermai à demi les yeux. Il recommença et ses amis l'imitèrent. Alors, à la troisième *sevillana*, tous les garçons du groupe se mirent à rire. J'écrivis précipitamment :

« Oh, étrange transfiguration, mystérieuse synchronie ! Est-ce l'alcool qui, puisqu'il fait fraterniser les inconnus entre eux, peut harmoniser les pensées et les actions ? Mystère insondable ! Ce n'est pas une erreur de perception de ma part : même si personne ne semble le remarquer, ces jeunes rient en même temps, *dans* un seul *éclat de rire à l'unisson, une ribambelle de syllabes identiques qui semble répétée pour produire un effet grotesque et inquiétant. Et que penser de ce* "Toi" *que proféra par deux fois le personnage principal – je devrais peut-être dire le "coryphée" ? Oh, mon dieu ! »*

Dans les contes pour enfants les plus cruels, on fait presque toujours allusion à la voix : des crapauds et des couleuvres s'échappent de la bouche, la princesse devient muette, la princesse grenouille croasse dans sa flaque d'eau, attrape un léger défaut, un bégaiement, un paroxysme vocal qui provoque le rire des enfants, toujours sages et ignorants. La voix ! La première piste certaine de la présence de mon ennemi était là.

Je tendis l'oreille pour mieux entendre, par-dessus le vacarme de la musique, les mains qui claquaient et les conversations du bar : il n'y avait aucun doute, les amis qui entouraient Paz riaient, criaient, parlaient ou chantaient en suivant un rythme syncopé que, étant donné mon ignorance absolue sur les airs de musique, je dus décrire dans mon cahier de la sorte : *« Tap, tap, tap-tap, tap, tap… ! »*

– Ea ! disait l'un.

– Aé ! répliquait l'autre.

– Ah, ah ! poursuivait l'autre.

Ils partaient alors tous d'un grand éclat de rire, une huée ou un cri, en matière de refrain, et le rythme se poursuivait. Et Paz dansait parmi eux sans s'apercevoir que ses pieds ne marquaient plus le rythme de la *sevillana* mais celui de leurs voix réunies ! Le phénomène me laissa tellement stupéfait, que je tentai vite de lui chercher une explication naturelle :

« L'alcool, c'est l'alcool : nous buvons, et quelque chose nous fait nous unir à celui qui boit et marquer le même rythme, coïncider dans les trouvailles, rire en même temps de

la même plaisanterie stupide... Observés de loin, les ivrognes forment un chœur assez tragique. Ou peut-être est-ce la jeunesse ? Il est possible qu'il s'agisse du besoin d'imitation des jeunes, de leur désir d'avoir un chef, ce miroir dans lequel tous se reflètent et auquel ils applaudissent aveuglément, le sentiment rassurant de faire partie d'une bande, de blasphémer ensemble, de dire les mêmes phrases dans le même argot... Dans tous les cas, étrange symbiose des gorges !»

Mais à l'arrêt suivant, le bar du Romeral, la vérité se fit si évidente qu'une personne saine d'esprit n'aurait pu le nier si elle l'avait remarqué comme moi.

Paz continua à danser et les bouteilles de bière à courir de bouche en bouche. Le groupe se bornait à produire des bruits et personne ne parlait : battements de mains, claquements des talons, verres et bouteilles qui s'entrechoquent, coups sur le bois du comptoir... C'étaient ces bruits qui me semblaient extraordinaires ! « *On se croirait chez guignol !* » écrivis-je alors. Je pensais, je m'en souviens, aux mouvements de tous, même ceux de Paz : mécaniques, anonymes, synchroniques, comme si un marionnettiste expert manipulait ses bras et ses jambes avec des fils invisibles !

Je savais qui était ce marionnettiste au terrifiant visage.

« Le même rythme, il n'y a pas de doute, que celui des pattes de l'araignée pour traverser la rue Cruz et celui des ongles d'Aparicio sur le fauteuil à bascule : toc-, toc,

toc-toc… ! Oh, rusé animal, alors c'est toi ! Comme tu te caches aux yeux des innocents ! En effet, que peuvent savoir ces gamins sur le bruit qu'ils produisent ! Comment pourraient-ils le percevoir, puisqu'ils ne se perçoivent pas eux-mêmes ! Et que sait la pauvre Paz du fait que ses pieds frappent à terre comme des musiciens de procession qui célèbrent leur propre mort ! Mais si tous s'observaient de loin, comme je le fais, sans alcool dans les veines, ils remarqueraient quelque chose d'étrange dans cet ensemble de coups de cristal, bois et chair ! Il ne s'agit pas de la musique qu'ils croient accompagner : ils exécutent – mot parfait – leur propre mélodie avec chaque geste, au même rythme, et devant eux saute l'araignée et les ongles griffent ! Voici le détail que personne ne perçoit ! »

C'était obsédant : comme le carillonnement des gouttes de pluie sur une pierre ou la toux métallique d'une mitraillette dans la nuit (je me souviens bien de celles de la guerre). Mais mieux : une vieille machine à écrire manipulée par les mains osseuses de la mort, touche après touche, en écrivant, quoi ?

Les derniers jours de la vie de Paz.

Le texte commençait, sans doute par ce mot « Toi », désignant la pauvre jeune fille comme un rayon de lune. « Regarde, observe comment, moyennant des coups sourds et répétés, je peux saccager une autre vie, me disait mon inépuisable boucher. Elle a sa vie sous ses pieds, elle la détruit inlassablement. »

Quand je quittai la maison cette nuit-là, je ne pus éviter de répéter pendant tout le chemin, avec la pointe de ma canne, le rythme ténébreux quoique lancinant : toc, toc, toc-toc (il en va parfois ainsi de certaines musiques maudites, qui semblent ne jamais vouloir nous abandonner, et aussi de certaines idées trop caressantes, dont l'étreinte finit par nous étouffer). Une fois au lit, je me rappelai la légende des danses de mort médiévales : un squelette invitait à danser un curé, un seigneur féodal, un courtisan, une prostituée et un chevalier. Il marquait le rythme de sa faux. « C'est clair, je comprends tout, pensai-je. Il faut agir le plus vite possible ! Un chœur a commencé à grandir autour de cette pauvre jeune fille, poisseux comme la moisissure ou les tumeurs, et elle mourra quand les paroles de la chanson seront achevées ! »

Le naïf Casimiro ne savait rien de tout cela, plus ingénu et aveugle que les dorades qu'il vendait dans sa boutique. La peine me poussa à aller le lui dire et la peine m'en empêcha… mais également une chose étrange qui survint alors, plus terrible que tout ce que j'avais remarqué auparavant.

Je le trouvai le lendemain (une splendide matinée de mai, veille des festivités) plongé dans l'océan nauséabond du marché de la place, en réalité trois ou quatre boutiques voisines dans une demi-cave, mais qui semblent être cent du fait de la foule, de la pénombre et de la saleté. Casimiro tranchait un tronc d'espadon avec un immense couteau de psychopathe en parlant fort avec madame Asunción Portero et une autre amie, qui attendaient d'être servies. Je m'approchai lentement, pensant à ce que j'allais lui dire et comment, mais ses propres paroles m'évitèrent le dilemme. Il parlait de sa fille.

– Que croyez-vous ! Que pourriez-vous me dire, je le sais déjà ! Ce qu'il y a, c'est que je ne peux pas être toutes les nuits derrière elle, comme un chien de garde !

– Bien sûr, acquiesçait doña Asunción.

– Dites oui, renchérissait son amie.

– Et puis, ce n'est pas entièrement de sa faute ! Ni de la nôtre, parce qu'elle a reçu une éducation !...

– Bien sûr.

– Mais oui.

– Que pouvons-nous faire d'autre ? J'ai dit à Joaquín et à Ernesto de ne pas lui servir d'alcool, elle n'a que quinze ans et c'est illégal ! Et vous savez ce qu'ils me répondent ? Que ce n'est pas elle qui demande les bouteilles de bière, mais ses petits copains, et eux, ils ont plus de dix-huit ans ! Vous voyez un peu ?

– Quelles créatures !

– Eh oui.

Casimiro laissa à nouveau tomber sa machette sur l'espadon. De temps en temps, il portait le revers de sa grosse main à la moustache couleur de terre qui lui barrait le visage – il s'était aussi laissé pousser de longues pattes.

– Comment voulez-vous ensuite que nous les élevions, ce n'est pas nous, mais la société, qui les pervertit ! Que peut-on nous demander à nous, les parents ? Nous travaillons pour leur porter les aliments à la bouche, comme les moineaux, et eux, ils croient que ça tombe des arbres... ! Mais, bien sûr, je ne peux pas non plus l'enfermer à la maison comme un sultan et lui dire : « Eh, tu ne sortiras pas avant tes dix-huit ans », ni lui dire : « Sors, mais amuse-toi comme je le souhaite ». Je ne peux pas !

– Bien sûr que non.

– Eh non.

– L'affection, trop d'affection, c'est ça, qui est mauvais ! il nettoya de sa grosse main les éclaboussures du poisson mutilé, qui avaient également giclé sur son visage. Nous les aimons tellement que… ! Les temps ont changé : à notre époque, on ne bougeait pas le petit doigt et on marchait droit, mais il n'y avait pas de liberté, comme aujourd'hui, et ce n'était pas bien, ça non. C'est facile, d'élever un enfant quand on a juste à lui dire : « Travaille ». Mais aujourd'hui, la jeunesse s'amuse… et ce n'est pas un mal.

– Non, bien sûr que non.

– Non, non.

– J'ai dit à ma fille : « Tu vis les plus belles années de ta vie, alors profite et fais ce que tu veux, mais avec prudence »…

– Prudence ? intervint Desiderio, le boucher de la boutique d'en face, en pesant des côtelettes sur la balance. Ça, elle n'a pas dû l'écouter, Casimiro. Faire ce qu'elle veut, je pense que oui, mais question prudence… tu parles !

Et il éclata d'un rire rauque qui trouva des échos parmi les clients. Il s'établit rapidement une discussion entre commerçants et clients des deux côtés. Le couteau de Casimiro, pendant ce temps, ne cessait de tomber. Il y avait de moins en moins de poisson, de plus en plus de tranches. Le marteau effilé frappait sur la tranche, sans frôler un seul instant les gros doigts exposés, bleuis par le froid, de Casimiro.

Je cessai d'entendre le débat pour me concentrer sur ce bruit particulier : tchac, tchac, tchac-tchac. *« Et les répliques d'Asunción et de son amie ! Et les éclats de rire des clients de la boucherie ! Et la machette du boucher marquant le rythme, et le couteau du poissonnier en contrepoint ! Antonio, le danseur, déguisé en squelette, aurait pu jouer la scène : couteau, rires, réponses, une chorale de bourreaux. Pauvre Casimiro : il ne se rend pas compte que sa fille est en morceaux sous sa machette ! »* écrivis-je le soir même, pâle et noué par l'inquiétude après avoir constaté que le rythme terrible des pas de mon assassin s'était étendu comme un cancer dans tout le village, et que même le père de la future victime l'interprétait à coups de couteau dans sa boutique ! Qu'aurais-je pu te raconter, Casimiro, l'espadon que tu massacrais sur le billot, les précieuses pépites d'argent de son corps éparpillées, la chair rosée et l'œil sombre de la colonne vertébrale – à nouveau la cavité centrale ! – troués par ton énergie indifférente, je te racontais tout à chaque coup que tu lui portais !...

Et le chœur, moqueur, chantait :

– Oui !

– Non !

– Mais non !

Et le couteau :

– Tchac, tchac, tchac-tchac !

Et le boucher :

– Ah, ah, ah-ah !

Me sentant la proie d'un puissant vertige, je m'échappai à toute vitesse du marché et me réfugiai un instant sur la place inondée de soleil. « Dans un endroit de ce village, pensai-je, m'appuyant sur le rebord en pierre de la fontaine aux poissons, pauvre petite Paz, tu es prise dans la toile d'araignée, et le chœur t'ensevelit déjà avec son chant funèbre... Ton propre père le chante sans le savoir, ou peut-être en le sachant, mais sans vouloir l'écouter ! Et toi, pauvre petite, comme les pas sacrés des processions, tu t'arrêtes sur ta *via crucis* face à cette terrible *saeta* ! »

Des enfants, ceux de voisins de ma connaissance, jouaient près de la fontaine. Ils me virent et me désignèrent du doigt, en riant :

– Le fou ! Le fou !

– Le fou ! Le fou du cimetière !

Quand je me retournai vers eux, ils se mirent à courir comme des corbeaux et descendirent la rue Principal. Le plus jeune – il ne devait pas avoir plus de cinq ans –, qui était le dernier, s'arrêta au coin, avant de disparaître avec les autres, et me cria :

– Le ... ou !

Je m'assis au bord de la fontaine et commençai à m'éventer avec mon chapeau. Je restai ainsi jusqu'à ce que le malaise cédât. Puis je pleurai un peu, parce que la journée était si belle qu'il me semblait incroyable de me trouver si abandonné. Il y eut dans ma vie une époque où des ciels comme celui que je contemplais en ce moment, imprimés dans le pur azur, me rendaient joyeux et de bonne humeur. C'est une mauvaise chose de se détacher du paysage ! Il est mauvais de nous obscurcir quand le jour se lève, d'avoir froid quand le soleil sort, de nous trouver seuls dans la foule ! Mauvais de sentir que ni le soleil, ni le printemps, ni la mer de l'été, ni le rire des enfants n'entrent en nous, parce que nous ne leur appartenons pas !

« Mais je pleurai aussi sur toi, Paz, si innocente et solitaire dans ce monde, notai-je dans mon cahier lors de cette nuit d'angoisse. Comme il serait facile de te sauver, si nous apercevions tous les mêmes détails ! Nos vies sont écrites avec la subtilité d'un guitariste qui gratte une guitare sans cordes. Il faut savoir respirer des fleurs invisibles, les butiner des yeux et déguster goutte à goutte ce miel délicat ! Tout est, soudain, si important ! Le plus infime est décisif. Ce qui est petit, vu de loin, fait partie du grand dessin : chaque événement est un coup de pinceau, chaque geste une couleur nouvelle. Mais que sait la pièce cristalline de la figure qu'elle forme en tournant avec d'autres dans le kaléidoscope ? »

Ce même soir, comme je l'avais supposé, l'inexorable chanson triste se compléta encore un peu. C'était une déclaration, peut-être d'amour, peut-être de mort, que tout le village dédiait à Paz sans qu'elle le sût.

– Tu es ! disait ce soir la voix du village par ses multiples bouches. Un enfant passait sous un porche pour aller jouer et le disait. Une vieille femme levait vers la lune ses yeux blancs et le disait. Un pêcheur crachait par terre un mégot et le disait. Elle allait de bouche à oreille comme un télégraphe invisible, se glissait dans les conversations, de chœur en chœur, gracieuse et magique comme un accent régional, entre murmures, rires, compliments, pleurs de bébé, éternuements et blasphèmes.

Paz sortit à nouveau ce soir-là avec ses amis, et elle était à elle seule une île de puberté entourée de ce mot que la coïncidence faisait sauter comme un poisson d'argent sur son passage :

– Tu es !

– Tu es !

– Tu es !

Et moi, seul traducteur de la chanson que mon bourreau composait, je tentais de prédire le texte intégral ! Je me rappelai le mot de la veille, « Toi ». Il était logique qu'il faille lui ajouter les suivants : « Tu es ». Que voulait dire mon assassin à sa victime ? N'importe quelle chose que son esprit ébranlé puisse imaginer ! Comme dans ces séances de spiritisme où le mort déplace les doigts des vivants pour former des phrases, ainsi se déplaçait le village dans une seule bouche tremblante, aux ordres de ce funèbre auteur.

« À moi ! », fut l'exclamation que j'entendis le plus souvent le lendemain matin, le premier des fêtes des Rois de Mai. « Pour ! », criait-on dans les rues, sur les places et aux fenêtres autour de midi. « Toujours » : je devinai que c'était le dernier mot, réservé pour le soir. Quand ce mot, telle une hirondelle noire, aurait parcouru chaque maison, de voix en voix, lancé en l'air par tous les habitants de Roquedal, la jeune Paz atteindrait la paix éternelle, déjà symbolisée par le sens intime de cette expression. Le vers devait donc être : « Toi, tu es à moi pour toujours », et il ne manquait plus qu'un mot pour qu'il s'accomplisse.

Je décidai de faire la seule chose qui me vint à l'idée : empêcher que la jeune fille danse la petite chanson de sa propre mort.

Je savais que, dès le début de l'*arrastrá* [1] des Rois de Mai et dès que le roi géant au visage noir emmènerait sa royale épouse en descendant la rue Principal, vers la plage, Paz et ses amis courraient derrière eux, comme le fait la jeunesse du village. Ils s'arrêteraient probablement à La Trocha pour ranimer leurs corps avec des bouteilles de bière avant la véritable tourmente, qui aurait lieu sur le sable, de gargote en gargote, où avaient lieu les *parás* [2]. Je me vis ainsi dans la nécessité de devancer les événements.

Vers six heures du soir, deux heures avant l'*arrastrá*, je m'installai commodément à une table vide du bar de La Trocha et demandai une tisane de menthe à Joaquín.

---

1. Terme andalou décrivant le fait d'entraîner quelqu'un avec force.
2. Terme andalou pour désigner une pause, pour parodier les arrêts effectués lors des processions.

– Vous n'avez pas envie d'aller sur la place, don Baltasar ? me demanda aimablement l'homme. Pour voir les rois !

– Je vois cette fête depuis de trop longues années, Joaquín.

– Mais on peut toujours faire quelque chose de nouveau. Danser dans les *parás*, par exemple...

– Aujourd'hui, personne ne devrait danser, répliquai-je sur un ton lugubre.

– Pourquoi ?

Il essuyait le fond d'un verre avec son torchon en me parlant, et je perçus, terrorisé, le grincement de mon grillon noir, la voix rythmique et infaillible de mon ennemi : gnic, gnic, gnic-gnic. Je claquai des dents, glacé ; c'était comme si j'avais entendu un cadavre glisser ses ongles sur le couvercle du cercueil. Et le pauvre Joaquín, joueur malgré lui de la sinistre flûte de pan, qui ne s'en rendait pas compte !

– Tu dois le savoir, lui dis-je, en ouvrant de grands yeux.

– Moi ? Je ne sais jamais rien, don Baltasar ! dit-il en riant.

« C'est pour ça qu'ils vont tuer Paz, pensai-je, parce que ici personne ne sait rien sauf moi. »

Quand Joaquín m'apporta la menthe fumante, je sortis mon cahier de notes – mon cahier de chasse –, arrachai une page et écrivis quelque chose en grosses lettres d'imprimerie. Je pliai la page une, deux, trois, et quatre fois ; j'étais plongé dans cette opération quand mes oreilles captèrent le tic-tac de la montre de mon assassin : une goutte qui s'échappait du robinet mal fermé de l'évier, derrière le comptoir : plic, plic, plic-plic. « Tu te moques de moi ! pensai-je, tu me défies ! » Pour toute réponse, un bourdon vint s'écraser contre la vitre sale de la fenêtre la plus proche ; le bruit qu'il produisait ressemblait à celui de petites castagnettes : clinc, clinc, clinc-clinc. « Tu essaies de m'effrayer, en déduisis-je, ou tu commences à répéter avec l'orchestre pour la grande symphonie finale ». La fenêtre entrouverte céda à un léger coup de brise, et les pages de mon cahier commencèrent à passer une par une avec un bruit inhabituel, syncopé : zip, zip, zip-zip. « Tu essaies de me dire d'abandonner ? Tu veux que je me rende ? Tu te crois tellement sûr que Paz sera à toi, comme Guernod et mademoiselle Bernabé ? Ah, mais le vieux va te donner des leçons de musique ! » Quatre pétards explosèrent alors : ils annonçaient le début de la longue nuit de feux d'artifices, mais je savais qu'ils signifiaient autre chose ; ils furent à mon oreille la réponse provocante et violente de mon adversaire, fâché de mon obstination : bang ! boum ! bang-boum ! « Oh oh, tu n'es plus aussi sûr de ton pouvoir, n'est-ce pas ? Mes paroles t'exaspèrent beaucoup plus que moi les tiennes. » Les pétards continuaient à éclater au loin, sur la place ; leur rythme était comme le cri de guerre d'une armée : bang ! boum ! bang-boum ! « Eh bien, que le meilleur gagne ».

Mon ennemi était nerveux, comme moi. Nous savions tous deux que c'était la bataille décisive. Je finis de plier ma note et attendis, tout en buvant lentement mon infusion de menthe. « Maintenant, j'ai besoin d'une main innocente, comme on dit dans les concours. »

Et à ce moment-là, Manolo Guerín, le poète solitaire qui vit au-delà de la tour en pierre, entra dans le bar, avec ses cheveux blancs clairsemés et ses joues rouges. Je l'appelai comme un garçon de café :

– Manolo !

– Hé bien, don Baltasar.

Il posa la main de la compassion sur mon épaule. À un autre moment, je l'aurais négligé – je n'ai pas de rapports avec Guerín : je n'aime pas les poètes ; les musiciens non plus –, mais ce jour-là, j'avais besoin de lui.

– Tu me rendrais un service ?

– Tout ce que vous voudrez. Il suffit de demander.

Son haleine empestait aussi fort le tabac que l'alcool, mais c'était un homme bon. Et sa bonté m'intéressait davantage que son haleine. Je lui montrai la feuille de papier pliée :

– Remets ce message à la fille de Huertas, le pêcheur. Tu la connais ?

– Paz ?

– Elle-même. Elle viendra ici avec un groupe d'amis au début de l'*arrastrá*. Dès que tu la verras entrer, donne-lui ce mot. Mais, écoute, Manolo : ne lui dis pas que c'est de ma part.

Le sourire qu'il fabriqua lentement, en me regardant fixement, me déplut, ainsi que son silence complice avant de me dire :

– Don Baltasar… voyez, vous êtes devenu… !

C'était honteux, humiliant pour ma dignité, que Manolo se soit mépris de la sorte sur mes intentions. Mais le voleur croit que tous sont comme lui, c'est bien connu : et de Guerín il y aurait beaucoup à dire depuis l'été précédent, où tout Roquedal fit des gorges chaudes de son aventure avec cette femme écrivain de vingt ans plus jeune que lui et qui avait loué la maison des Gómez Osti, en bord de plage ! Ce n'est pas par vengeance que je parle dans cette chronique de ce qui s'est passé, mais il est vrai que le souvenir de ses yeux fendus brillants de moquerie m'échauffe encore.

– Pense ce que tu veux, mais remets-lui ce message, lui dis-je entre mes dents.

Il porta ses doigts jaunis à son menton et le frotta d'un geste savant.

– Je peux le lire ? demanda-t-il.

– Fais ce que tu voudras, mais remets-le-lui !

Il me regarda à nouveau. Il mit le message dans sa poche sans l'ouvrir. Dehors, à une distance infinie, les pétards claquaient : bang ! boum ! bang-boum !

– Je le ferai, acquiesça-t-il. Et je ne le lirai pas, don Baltasar. Mais sachez deux choses : premièrement, vous me devez un service…

– D'accord.

– Et l'autre, que si la petite se rebiffe… je lui dis de qui cela vient. Je ne veux pas me faire engueuler pour les autres.

– Très bien, mais sois très vigilant, parce que tu dois le lui remettre dès qu'elle entrera dans le bar, Manolo. Ce n'est pas la peine de le lui donner après.

Il agita la tête d'un air ennuyé. Il ne s'en rendit pas compte, mais sa tête fit un tour à gauche, un tour à droite, et deux tours rapides à la fin. C'était un retable des terreurs, dans lequel mon ennemi manipulait toutes les marionnettes et moi, son unique spectateur, j'allais devoir empêcher la farce de s'achever !

– Vous me direz de quoi il s'agit ? dit Guerín.

– Je l'espère, répliquai-je.

Il ne me comprit pas, et je ne voulus pas m'expliquer non plus. Joaquín avait allumé la télévision, et le volume, qui était très fort, nous envoya dans les tympans les cris d'une très jeune actrice que l'on assassinait à coups de couteau – c'était un film policier. Il y eut quatre cris : deux séparés et deux réunis à la fin. La jeune fille tombait sur l'herbe, autour du cou une écharpe de sang. Joaquín changea de chaîne et baissa le son. Je constatai avec un grand calme que l'œillet fané à mon revers était toujours à sa place. « Il est inutile d'essayer de m'effrayer, pensai-je : la seule chose qui me fasse peur dans notre lutte, c'est la défaite. »

Peu après, les clameurs parvinrent de la place et le cri unanime qui marque le début de la course des rois : « *Arrastrá* ! » Je regardai par la fenêtre, le soir tombait. Les rares clients du bar se penchèrent pour voir passer les personnages en carton-pâte. Manolo

Guerín, mon messager, resta au comptoir pour finir sa bière seul. Je ne bougeai pas de ma table moi non plus. « Et s'ils ne viennent pas à La Trocha, cette fois ? », je fus assailli par cette terreur. « Ils viendront, parce que c'est la volonté de Dieu. » Les monarques passèrent – je ne distinguai que l'envolée des manteaux rouges –, et les clients du bar, principalement des retraités, applaudirent et encouragèrent le cortège. « Ils sont beaux, cette année », dit l'un. Après les rois, la course noire des nobles, avec leur air de *tunas*[1] en deuil, dévalant la rue en courant et frappant aux vitres des fenêtres au passage. « Ils sont tellement drôles, s'exclama Joaquín, et pourquoi est-ce qu'ils ne se cognent pas sur le nez ? » Ils firent le même bruit qu'une bande de corbeaux – c'était curieux : je n'avais jamais pensé à cette comparaison, bien que je voie cette fête depuis mon enfance. Et après les nobles, l'immense jeunesse du village, les cris suraigus des filles, les semelles des différentes chaussures battant le pavé, le désordre de la joie, mais tout cela sous le rythme imperturbable de mon ennemi, les coups, les cris, les rires, la musique, les applaudissements ! « La victime arrive à l'holocauste », pensai-je.

À cet instant, des éclats de rire pénétrèrent en trombe à La Trocha, et au milieu, comme conduite par des porteurs, son épaisse chevelure bien coiffée, un pull rouge à col ras et un jean serré, se trouvait

1. Membres des *tunas*, groupes d'étudiants musiciens vêtus d'une cape et d'un chapeau, souvent noirs, agrémentés de rubans aux couleurs de leur université.

Paz. Autour d'elle, le vacarme était si fort que je pensai que tous les verres du comptoir allaient se briser en quatre bruits rythmiques.

Paz était jolie et prête à mourir.

Le groupe s'arrêta au comptoir, passa sa commande à Joaquín après plusieurs erreurs et de nouveaux rires, et ils se mirent à parler entre eux à grands cris, comme s'ils avaient été seuls :

– Quoi !

– Ça va !

– Allez !

Paz n'était pas la seule fille cette fois : une adolescente grassouillette, laide, très maquillée et criant fort lui donnait la réplique. Mais il était évident que le centre de l'attention restait la fille de Huertas.

Les bouteilles surgirent comme des trophées dans les mains, et Joaquín éteignit la télévision. Je compris immédiatement qu'il se dirigeait vers le comptoir pour mettre les cassettes de *sevillanas* et attirer ainsi davantage de jeunes dans son établissement. Cela aurait été une perte de temps de lui dire de ne pas le faire, mais, s'il avait eu une once de sensibilité, Joaquín aurait réfléchi. « Ne vois-tu pas ces bouches, ces dents brillantes, ces cous qui montrent leur pomme d'Adam à chaque gorgée de bière ? pensai-je, et surtout, Joaquín, ne vois-tu pas ces yeux infestés de sang ? Mon assassin veut que la victime danse ! Quand elle dansera, le village tout entier chantera : "Toujours !" et Paz mourra, je ne sais comment, mais elle mourra inexorablement. »

Le rythme frénétique qui accompagnait Paz m'avait fait oublier Guerín un instant. Il ne lui avait pas remis le message ! Je le cherchai du regard, mais le bar, une fois la course achevée, commençait à se remplir et je ne pus le trouver. « Manolo, mais où t'es-tu fourré ? » m'indignai-je. Les guitares commencèrent à résonner dans les haut-parleurs du magnétophone, et un couple aux voix gitanes se lança dans l'introduction de la première *sevillana*. Comme par enchantement, les bras des filles se levèrent et exécutèrent de lentes arabesques en l'air. Paz se trouvait parmi elles : les jeunes lui avaient laissé la place, et je la vis bouger délicatement les mains, fléchir les poignets, fermer à demi les yeux, se disposer à claquer du talon au rythme des premières mesures. Son pull s'était relevé dès les premiers mouvements et, court comme il l'était, il découvrait de façon coquine son petit ventre et son nombril. « C'est une mascarade ! Il les manipule tous et personne ne s'en rend compte ! » pensai-je, tourmenté.

– Ne danse pas, dis-je, les yeux fixés sur la pauvre jeune fille. Ne danse pas.

C'était la même chose que j'avais écrite sur la note que Guérin lui avait remise. Je quittai la table comme un ressort, disposé à faire n'importe quoi pour empêcher la tragédie de se consommer.

Mais il y avait trop de monde et je n'arrivai pas à temps. Paz dansa.

Elle s'exécuta bien sûr magnifiquement.

Les battements de mains et le chœur de rires l'entourèrent comme une palissade ; je fus poussé quatre fois, deux fois avec intervalle et deux fois sans, et je dus retourner m'asseoir. Je me sentis vieux et raté en voyant mon ennemi faire tourner Paz dans un tourbillon noir comme un disque de gramophone sur la surface duquel, insensiblement, se plantait l'aiguille qui lui arrachait la musique à coups de griffes.

– Toujours ! s'exclama un gros homme à côté de moi ; il semblait hypnotisé en contemplant la danse.

– Toujours ! répéta en chœur une fille aux lèvres épaisses qui bavardait avec d'autres garçons à une table voisine.

– Toujours ! Le mot circulait de bouche en bouche, comme la bière. Rapidement, une mèche allumée avec ce mot entoura la silhouette haletante de Paz : « Toujours ! Toujours ! Toujours ! » « Le vers s'achève, pensai-je, et la faux tombe. »

Les *sevillanas* prirent fin et l'un des garçons du groupe s'approcha de la fille de Huertas et lui parla en aparté. Quelle surprise que la mienne, de découvrir qu'il s'agissait d'Ángel Diosdado, l'hypocrite qui s'était moqué de moi quelques semaines auparavant, tandis que je surveillais la maison de Guernod ! Paz l'écoutait avec une grande attention et acquiesçait de temps en temps. Bien qu'ils fussent dérangés par d'autres jeunes du groupe, ils poursuivirent leur conversation. Au bout d'un moment, il y avait deux groupes : Paz et Ángel d'un côté, et le reste de l'autre. « Que peut bien vouloir ce malhonnête à la petite ? », me demandai-je.

Je n'eus pas à attendre très longtemps pour le savoir. Soudain, Paz et son nouvel ami prirent congé des autres et s'en allèrent. Je décidai de les suivre. Au moment où je partais, j'aperçus Guerín au comptoir, à moitié ivre devant un verre de vin. Il ne me vit pas. Je réprimai un juron en pensant que, en réalité, Manolo n'était pas coupable. « Il est seul lui aussi, mais pour lui c'est insupportable », compris-je. La solitude recherchait la compagnie, et la mort recherchait la vie. Mon assassin était, par définition, le plus solitaire des êtres : c'était pour cela qu'il les recherchait tous. Mon assassin était le seul et véritable coupable : c'était lui qui péchait ; nous, nous commettions des fautes impardonnables. En proie à ces pensées, je quittai le vacarme du bar et suivis le couple à une distance raisonnable dans les rues pavoisées d'ampoules.

Je sus immédiatement qu'ils se dirigeaient vers la plage. « Vers les *parás* où Paz danserait sa dernière danse sur du sable formé d'innombrables, minuscules crânes en terre, pensai-je. Et c'est là que s'achèvera le chant funèbre. » J'improvisai une strophe sur le même thème (dans les moments de plus grande excitation, il me vient des poèmes en tête) :

Ce chant est ta mort,
malgré don Baltasar
tu viendras danser près de la mer,
tu es à moi pour toujours !

Mais une nouvelle surprise m'attendait : après avoir acheté une autre bouteille de bière dans la première guinguette sur la plage, Paz et son ami se dirigèrent vers la pointe, c'est-à-dire dans la direction opposée à celle des *parás*, qui englobe toute la portion de côte jusqu'à la tour en pierre. Je savais que la pointe était un lieu maudit bien avant que le remplaçant du docteur Torres, Marcelino Roimar, ne s'y suicide en se jetant de son sommet deux ans auparavant. Bien sûr, il n'y avait pas de meilleur endroit dans tout Roquedal pour le prochain crime de mon impitoyable ennemi.

Le couple s'éloignait de plus en plus. L'obscurité nocturne de la mer les laissait passer et se refermait sur eux. J'entendis le petit rire distant de Paz, mécanique, rythmique comme un jouet à ressort : ah, ah, ah-ah. Sans y réfléchir à deux fois, j'ôtai mes chaussures et les suivis, avançant dans le sable en chaussettes.

Je crus à plusieurs reprises m'être perdu : la nuit était vaste et hostile, et il n'y avait pas de lumière, pas même celle des barques de pêcheurs à l'horizon. Avec le temps, je distinguai un doux rythme de tambours par-dessus la respiration des vagues. Cela provenait d'un lieu très proche de la pointe, de sorte qu'il était possible d'apercevoir le corps en pierre moribond et si mince de celle-ci s'introduisant dans la mer. Des rochers proches offraient une excellente cachette, et je me dirigeai vers eux.

Je préciserai auparavant que je n'ai observé la scène que je vais décrire que dans le but du bon déroulement de mon travail de détective : je souffrais déjà assez des rhumatismes, de l'humidité de la mer, des horaires tardifs, et de toutes les semaines pendant lesquelles je m'étais épuisé, pour ne pas aller jouer les voyeurs maintenant. Cette précision faite, je dirai que dans une crique à peine révélée par le quart de la lune montante et entourée de rochers, je découvris Paz et son petit copain, Ángel, et qu'au début je pensai naïvement que le jeune homme était blessé ou souffrait d'une façon quelconque, parce qu'il était étendu dans le sable à ses pieds et gémissait et se tordait comme s'il avait eu besoin d'une aide urgente.

Mais une seconde plus tard, je constatai qu'il avait les deux mains posées sur sa braguette.

La jeune fille, quant à elle, lui répliquait avec audace : debout entre ses jambes, elle ôtait son pantalon et même sa culotte par des manœuvres tranquilles et insinuantes, sans cesser pour autant de mouvoir ses hanches déjà développées. « Que penserais-tu de ta fille libérée si tu la voyais maintenant, Casimiro ? » me demandai-je. La musique – un tamtam agonisant et primitif au rythme duquel se déshabillait Paz – émanait des haut-parleurs d'un radiocassette portable qui se trouvait sur le sable (et dont je ne me souvenais pas qu'ils l'aient apporté, aussi dus-je supposer que mon adversaire avait tout prévu). Une bouteille de bière émergeait comme un champignon sale à côté du magnétophone.

– Ah… ! Ah… ! Comme ça !… gémissait le fils de Diosdado.

– Tam, tam, tam-tam ! résonnait la musique.

Je fermai les yeux, en partie par pudeur et en partie parce qu'ils me brûlaient. Quand je les ouvris à nouveau, Paz avait déjà enlevé son pantalon, sa culotte, la chaussure et la chaussette du pied gauche, et s'occupait de la droite, en soulevant la jambe. *« Tout constituait son linceul,* écrivis-je quelques jours plus tard, *chaque objet sur le sable était comme une fleur dans sa tombe. Les pattes d'une immense araignée l'entouraient. Le chœur criait depuis la pointe, et quel autre mot que "Toujours" peut dire la mer, traînant sur le "t" avec un accent de cailloux qui roulent ? Et elle, portant encore son pull-over, rejetant ses cheveux en arrière, était prête au sacrifice. Je l'entendais rire, mais c'étaient des soupirs. Elle bougeait au rythme des tambours, mais j'ai vu les poissons faire la même chose quand on les sort de l'eau. Tout en elle était pure agonie. »* Ce fut alors que je décidai d'intervenir, et je sortis de ma cachette en criant à tue-tête, en agitant ma canne et en serrant le poing.

Maintenant, et maintenant seulement, je suis capable d'admettre que je fus un peu ridicule. Je me rappelle que je criai, effectivement, mais « crier » ne décrit pas bien les bonds que je faisais, les menaces quichottesques de frapper des êtres invisibles avec ma canne, ma furie excitée et mon désir de défendre la vie et de surprendre la mort dans son sommeil, pour la tuer.

– Non ! Arrière ! Ne danse pas ! dis-je, entre autres choses. Regarde tomber la lame ! Arrière ! Finis-en avec ce rythme ! Laisse-moi l'affronter ! Il va voir qui est Baltasar Párraga !…

« Crier » ne définit pas mon esprit exultant, exempt de terreur pour la première fois depuis la mort de ma femme, ni la leçon que je reçus cette nuit-là et que j'offre ici de bon gré à qui serait intéressé : seul le courage de la témérité est un digne allié dans un combat ardu. Parfois, une seule folie commise à temps est préférable à cent raisonnements tardifs. Le premier coup – il nous apprend, hélas, l'éthique – est toujours porté par le mal, mais, une fois au combat, qu'est-ce qui nous empêche d'être également les premiers à le rendre ? Ainsi donc, je me mis à courir et à crier comme un condamné de l'enfer que Dieu, par privilège très spécial, gracierait soudain.

À partir de cet instant, je ne me rappelle que des images éparses : Paz cria et croisa les mains sur ses parties intimes ; Ángel ne dit rien, mais il se leva d'un bond et se mit à courir. Elle courut derrière lui, non sans avoir auparavant ramassé son pantalon pour mieux couvrir ce que cachaient ses mains. Et je crois que j'effrayai aussi la mort à mort. Quand il ne restait de Paz que l'idée de son nom, une fois renversé le magnétophone à coups de bâton, la bouteille détruite et mon sang-froid retrouvé, je constatai que ce rythme obsédant avait presque disparu du monde. Presque ! parce que je l'entendais encore sous mes pieds, amorti mais menaçant :

– Crec, crec, crec-crec.

Je m'agenouillai sur le sable et me penchai autant que me le permit mon lumbago, pour mieux voir : il était là, rond et noir comme l'hostie d'une messe noire – bien que, maintenant que j'y réfléchis, il fût elliptique comme un œil de poisson –, un petit crabe qui s'éloignait en laissant une curieuse trace sur le sable : cinq lignes parallèles sur lesquelles, de bout en bout, ses pinces gravaient des creux !

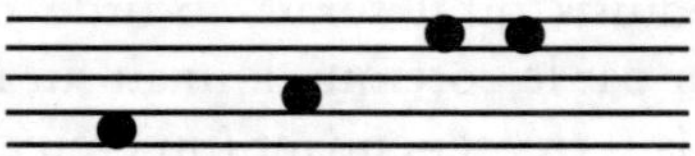

«Ah, mon sinistre compositeur, pensai-je, voici donc le pentagramme de ton épouvantable musique ! » Le crabe courait de profil à toute vitesse, frappant à toute volée avec ses pinces en même temps qu'il enregistrait dans le sable les notes du rythme odieux. Mais je ne m'inquiétai pas trop : j'étais plus rapide, et je n'avais qu'à tendre la main pour le chasser avec mon chapeau. C'est ce que je tentai de faire.

Hélas, nous les mortels, nous sommes régulièrement éprouvés dans cette vallée de larmes : ainsi, nous vérifions si nous valons quelque chose pour celle de la joie éternelle ! Ce qui se passa alors constitua une cruelle épreuve du destin que le métal dont je suis fait reçut comme un coup de marteau sur une enclume : je trébuchai, tombai à plat ventre sur le sable et mon assassin m'esquiva et s'introduisit rapidement par une fente entre deux rochers aussi noirs que lui, hors de ma portée.

Les rochers faisaient partie d'un promontoire allongé et étroit qui pénétrait dans la mer d'un côté et dans le sable de l'autre. Une véritable forteresse de pierre à disposition de mon ennemi, alors que j'étais sur le point de le chasser ! Gémissant et endolori, en un clin d'œil fatigué et maladroit – je constatai en cet instant que j'avais perdu mes chaussures quelque part –, je m'approchai aussi rapidement que je le pus du promontoire.

J'en déduisis qu'il serait absurde de prétendre m'échapper par le côté qui donnait sur les vagues. La sortie vers la terre, cependant (un creux polygonal et sombre : le creux central !), semblait beaucoup plus probable. Là, je décidai de l'attendre, canne à la main. Je ne savais pas quelle façon je choisirais cette fois pour fuir, mais si c'était quelque chose qui puisse être frappé, ils allaient certainement finir en ces lieux leurs cruels jours. Aïe, mon très habile adversaire avait fait le même raisonnement que moi !

Au bout de quelques minutes éternelles, monta de la noire ouverture une haleine fétide de poisson pourri, une brise puante expulsée par les rochers comme l'air d'un soufflet (il me vient une autre comparaison que je tairai pour ne pas être de mauvais goût) : cela dura quelques secondes et se dissipa immédiatement devant mes yeux étonnés et mon odorat non moins surpris. « C'est comme ça que tu t'échappes ! », compris-je. Il n'y a pas d'assassin accompli qui n'ait pas planifié sa fuite au cas où les choses tournent mal, et ce qui était arrivé constituait un bon exemple de cette vérité. Il était inutile d'essayer de l'attraper à ce moment : comment arrêter, juger et condamner un souffle mortifère, vigoureux et désincarné ? Seul Dieu peut emprisonner une âme.

Mais mon intuition de détective imagina une embuscade presque infaillible, un coup de maître pour vaincre mon adversaire maintenant qu'il devait se sentir si assuré sous sa nouvelle apparence. Mais la terreur, quoique faible, m'étreignait.

Si j'échouais, je serais la prochaine victime.

4

Ronde et capture de l'assassin

« Défie-le sur ton terrain », me disait une voix intérieure. « Viens et bats-toi avec moi ! » criai-je dans mes pensées. Je savais ce que je devais faire : ce n'était pas trop difficile mais demandait une concentration absolue et une exquise adresse manuelle.

La nuit de ma rencontre avec le crabe, de retour chez moi et après avoir pris les notes qui convenaient, je me consacrai à tout préparer. J'entrai dans le séjour du rez-de-chaussée où je ne vais presque jamais depuis la mort d'Eloísa, et j'ouvris la fenêtre qui donne sur le jardin fortifié mal entretenu. J'ôtai la poussière de la *mesa camilla*, qui ne portait pas de nappe et constituait le seul mobilier de la pièce. Je pris l'échiquier gondolé d'ennui sur une étagère, et le plaçai sur la table, bien que l'ondulation du bois ne permît pas de stabilité. Il n'était pas étonnant qu'il soit aussi abîmé, puisque l'échiquier, tout comme les cartes, n'accepte pas les solitaires, et avec qui aurais-je joué à mes moments libres ? Maintenant, cependant, je comptais sur un adversaire puissant !

Ensuite, vint le plus délicat : l'urne contenant les cendres de mon père.

Mon père avait voulu être incinéré, il en avait assez de vivre près du cimetière et ne souhaitait pas y être transféré après sa mort. L'histoire de notre famille, depuis que le premier Párraga s'est établi dans cette maison ancienne située aux abords de Roquedal et acheta les terres adjacentes, a été celle d'une lutte constante contre la mort : le cimetière, tout d'abord de petite taille, s'étendait de plus en plus au fur et à mesure que nous perdions nos terres. Après la guerre civile, le peuple des morts nous déplaça vers l'autre côté de la route – avant, nous possédions des propriétés dans les deux zones –, et nous réduisit à loger à l'intérieur de notre propre maison. Maintenant, où le seul Párraga qui reste c'est moi, le cimetière a fini par devenir un excellent lieu pour vivre, plein de fleurs, de dalles nettes et de marbre moderne, et notre maison n'est plus rien qu'un vieux cimetière.

Je ne trouvai pas de meilleur instrument qu'une cuillère à soupe pour prendre, avec une grande délicatesse, une poignée de la cendre qui, bien des années auparavant, m'avait regardé avec des yeux et montré certaines choses que je sais sur la vie. Je déposai la pyramide de douce poussière grise sur la table, et, à l'aide d'une cuillère à café, je commençai à répartir le grand tas – je devrais dire le « tas père », mais cela occasionnerait des équivoques gênantes – en de petits monticules, seize au total, en remplissant deux rangées d'une extrémité de l'échiquier, selon la même disposition que les pions des échecs au début de la partie : un peu de cendre dans chaque case jusqu'à en remplir, comme je l'ai dit, seize. J'avais bien calculé depuis le début et je n'eus pas besoin de prendre davantage de poudre, je recouvris l'urne et la reposai sur l'étagère, sur laquelle se trouvent les bougies et le portrait en noir et blanc de mon géniteur, Raimundo Párraga. « Main dans la main à nouveau, papa, dis-je au visage plein de bonté à l'opulente moustache, luttant contre la mort, comme toujours. »

Je m'assis à table, ma canne appuyée contre un coin, mon chapeau accroché à la chaise, et je disposai l'échiquier de façon à ce que les pions de cendre se trouvent de mon côté, puisque les pions avec lesquels jouerait mon assassin seraient invisibles. Je compris que la symétrie de l'ensemble était adéquate : mon adversaire, qui bougerait le premier, avait les blancs – plus que blancs, transparents –; je prendrais les noirs – les gris.

Je contemplai, à travers la fenêtre ouverte, le dernier croissant de lune faible sur la ligne irrégulière du mur du jardin. Je me concentrai sur l'échiquier. Les pyramides de cendre étaient exactement comme je les avais placées. J'attendis.

Cette nuit-là, il ne se passa rien d'autre. Vers l'aube, l'obscurité disparue, je fermai la fenêtre et partis dans ma chambre, accablé par un sommeil invincible. Depuis que j'avais commencé à enquêter sur cette affaire, ce fut le premier jour où je parvins à bien dormir, bercé par la satisfaction d'avoir sauvé, au moins, une des victimes.

Je me réveillai, cependant, tard, triste, après midi, avec un goût amer dans la bouche et la mémoire. Je me rendis à la cuisine, me préparai une infusion de menthe et une omelette française et regagnai le salon : les pions de cendre restaient intouchables ; la fenêtre, fermée.

Je montai l'escalier jusqu'au deuxième étage de la maison, où je ne vais presque jamais depuis la mort d'Eloísa, ma femme. C'était là que se trouvait la grande chambre – je dors maintenant dans celle des domestiques, en bas –, et les chambres des enfants que nous n'avons jamais eus. Dans la dernière, je m'assis un long moment à côté du vieux mannequin de femme à la tête chauve allongé sur le lit. Cette figure réduite à sa plus simple expression et tranquille avec ses beaux sourcils, ses yeux peints et ses lèvres couleur chair, me rassure. Les extrémités, enroulées autour du tronc, sont incomplètes : il manque les mains et les pieds. Je me l'étais procuré plusieurs années auparavant, au cours du changement de propriétaire du magasin de vêtements des Gómez Osti, qui vivent maintenant dans la ville. On me l'a offert nu et je l'ai gardé en l'état. Au village on me croit fou, entre autres parce que je vis avec ce mannequin et parce que je collectionne de grandes pierres taillées par la mer, comme on en trouve beaucoup aux abords du promontoire, et que je les dépose des deux côtés du trottoir qui conduit à l'entrée principale de ma maison. Je ris en pensant aux Christs torturés et aux vierges en plâtre moisi, aux portraits inquiétants de proches décédés et aux présences non moins inquiétantes de proches vivants que collectionne la majeure partie des gens du village. Je pense : « Nous les pauvres, nous vivons tous avec la mort devant et les souvenirs derrière, quelle importance a ce que nous plaçons entre les deux ? » Mais à cet instant même mon mannequin ne m'aida pas à dissiper l'angoisse que je ressentais.

– Quelle est la cause du mal ? lui demandai-je à voix basse.

Ses yeux peints regardaient au plafond. Elle ne sut pas me répondre.

Après, dans la salle à manger, je me mis à écrire.

« Eloísa : je ne peux pas t'oublier. Papa : tu sais que tu seras toujours avec moi. Maman : tu ne m'as jamais abandonné. Mais je ne conserve rien de vous en réalité, à part tes cendres, papa : le reste est invisible. Parce que, dis-moi : après la mort de mon frère Pedro en Amérique, et compte tenu du fait que ma sœur Juani, qui vit à Madrid, est de plus en plus vieille et perd la mémoire, en quel autre lieu persistez-vous, si ce n'est sous forme de menues pensées invisibles logées dans mes souvenirs ? Qu'êtes-vous – que sommes-nous tous – sinon de légers détails ? *Mais les détails que vous formez en moi, sans cette très légère – encore plus fine que la cendre ou le sable – trace de votre existence, pourrais-je continuer à vivre ? Voici le secret que Baltasar Párraga voudrait montrer aux autres : contemplez*

les choses avec des yeux attentifs, et vous verrez que rien de ce qui vous entoure n'est important, et qu'une fois toute votre vie passée au crible, il ne reste sur le tamis qu'une vérité très fine, un fragment si fin qu'il disparaîtrait sous un souffle ! Contemplez ce détail et dites : c'est ça qui est IMPORTANT ! »

En dernier lieu, et en prévision de ce qui pouvait arriver, il me sembla convenable de rédiger une note brève pour le commandant Marchena, de la Garde civile de Roquedal. J'y exposai tout ce qui s'était passé :

« Cher Marchena. Depuis avril de cette année, il a été commis dans notre village au moins deux crimes de sang. Mon travail de stratégie a d'autre part empêché l'accomplissement du troisième. Je veux parler des morts de Jacinto Guernod et de María Auxiliadora Bernabé, et de l'échec de la tentative d'assassinat de Paz Huertas Mohedano. Tous les crimes ont été perpétrés par le même individu : un assassin audacieux et retors qui ne peut être aperçu – donc attrapé – que si nous prêtons attention à des détails moins évidents, aux pistes les plus subtiles : l'ongle effilé d'un vieil homme, par exemple, ou une toile d'araignée, ou même un bruit répété sans arrêt.

Au cours de cette semaine, cher Marchena, j'ai prévu d'attraper ce psychopathe inconstant dans ma propre maison : je lui ai tendu un piège très habile dans lequel je ne doute pas qu'il finira par tomber ; mais si, contrairement à mon attente, c'est lui qui remporte la victoire – et ma défaite, cela ne fait aucun doute, signifiera ma mort certaine –, je voudrais, au moins, que ces lignes que je vous écris maintenant pour vous informer de ce qui est arrivé, dans le but que, lorsque mon assassin reviendra asséner un autre coup à notre innocent village, vous sachiez à qui vous avez affaire et qui est le véritable coupable.

Et si cela vous intéresse de connaître son identité, je vous dirai autre chose, mon cher lieutenant Marchena : il est possible que mon assassinat soit complètement imaginaire, mais ses crimes sont très réels. Enquêtez sur ses crimes, mon ami.

Votre fidèle serviteur,

Baltasar Párraga. »

Mais je ne remis jamais cette missive au commandant Marchena, et je crois que cela vient du fait qu'en réalité j'avais confiance en ma victoire.

Deux nuits s'écoulèrent sans que rien ne se passe. La troisième, inoubliable, je m'assis comme à l'habitude devant l'échiquier avec mes pions en cendre, ouvris la fenêtre du jardin et l'attendis. « Viens. Allons. Viens aujourd'hui », pensais-je. Je me sentais excité comme le chasseur qui attend à son poste l'apparition de la proie dont il rêve.

Et il arriva.

Au début il y eut un froid léger, une brise qui, en entrant par la fenêtre, possédait à peine la force suffisante pour tirer sur les poils de mes bras et les fils de mon âme. Malgré ça, mon corps se tendit et j'eus la chair de poule. Je regardai vers la pénombre du jardin, le ciel coupé par l'ongle de la lune. « Il est là », pensai-je. J'écoutai les aboiements de Pastor mon vieux chien, qui me prévenait du *patio*. « Il est là », pensai-je à nouveau.

Alors la brise forcit et une rafale d'air nauséabond pénétra par la fenêtre. Je sus qu'elle venait directement du cimetière. « C'est logique », me dis-je. J'observai l'échiquier : les cendres de mon père correspondant au pion c7 avancèrent sous l'effet de ce souffle subit, de deux cases, jusqu'au c5. L'ennemi me prit ce pion en le dispersant dans l'air et la partie continua. Mes jetons de cendre disparaissaient de l'échiquier au fur et à mesure de l'entrée du vent violent. Je ne pouvais prendre aucune pièce de mon ennemi, parce que ce sont les lois de la mort : ma seule possibilité consistait en le fait que mon roi – la cendre de la case e8 – parvienne à survivre jusqu'à la fin. Je notai tous les mouvements de cette partie échevelée, la plus importante que j'aie jamais jouée :

« Blanches : Lui. Noires : moi.

1.d4, c5 ; 2.dxc, d5 ; 3.e4, g5 ; 4.exd, e7 ; 5.dxe, a5 ; 6.exf –, Re7 ! ; 7.exg8 = D, h5 ; 8.Dxh8 et Dxh5 et Dxg5 + (énorme voracité que celle de mon adversaire, qui ne respectait même pas les règles et jouait trois coups de suite !!), Re6 !! (mon roi continuait à se disperser sur l'échiquier, mais il était sauvé !) ; 9.Dg5xd8 et Dxc8 +, Rf6 ! (échappant ainsi à la dame criminelle); 10.Dxb8 et Dxa8 et Dxa5, Ah6. 11.Dc7 et Dxb7 et Dh7 et Dxh6 +, Rf5 ! (mon roi est sauvé de justesse !). Les blanches abandonnent (le vent commença à faiblir et cessa complètement) [1].

« Nous avons gagné, papa ! », pensai-je, triomphant. Il restait encore une légère pincée de cendre provenant du pion de mon roi en f5. Je la ramassai entre mon pouce et mon index.

– Tu es à moi, maintenant ! m'exclamai-je.

La course vers le village fut un cauchemar, et faillit être mortelle pour mon cœur fatigué. « Pour vous, María Auxiliadora », pensai-je quand je me sentais défaillir, et aussi pour Guernod, *caramba* ! Vous non plus, vous n'étiez pas coupable. Personne ne devrait mourir. Toute mort est un crime, un délit occulte. L'assassin peut être léger, léger et subtil, mais nous sommes en mesure de le capturer ». J'arrivai au village hors d'haleine, la poitrine serrée par l'effort. Et, au fur et à mesure que je me déplaçais, et malgré l'extrême soin que je veillais à prendre, il m'échappait davantage de cendre entre l'index et le pouce de la main droite, au point que je sentais désormais à peine la présence de mon assassin au bout de mes doigts. J'aperçus de la lumière dans la caserne de la Garde civile et m'y dirigeai avec mes dernières forces. « Il m'échappe, pensais-je, désespéré, aïe, il

1. Quand je reproduisis la partie sur l'échiquier avec de véritables pièces, je constatai que les mouvements du pion couronné en dame des blanches – le jeton le plus utilisé par mon ennemi – imitent un symbole mathématique mal utilisé de l'infini : ∞, très approprié ! *(N. d. A)*

m'échappe… il glisse entre mes doigts… il s'en va, il s'enfuit, il… »

Cette chronique s'achève en précisant que j'arrivai enfin au commissariat et livrai mon assassin. Cela n'eut aucune importance, qu'il y eût au début une certaine confusion, que la Garde civile m'arrêtât moi, car on m'identifia sans tarder, on constata mon état et je fus conduit dans un hôpital d'où je sortis trois jours plus tard plutôt rétabli, grâce à Dieu, et avec la satisfaction d'avoir livré – et gagné ! – une bataille rangée contre le plus astucieux de tous les criminels de l'Histoire. Devant ce résultat triomphal, quelle importance peut avoir la compassion que je remarquai dans certains regards, les fausses paroles de consolation, les calmants que l'on m'administra et la vacuité des questions que me posèrent les médecins !

Je me rappelle que, les deux ou trois nuits qui suivirent ma sortie de l'hôpital, j'avais du mal à trouver le sommeil en pensant à ce qui serait arrivé si je n'étais pas arrivé à temps à la caserne de la Garde civile.

Que se serait-il passé si je n'avais pas conservé entre le pouce et l'index de ma main droite au moins une légère pincée de cendre, quantité beaucoup plus insignifiante que celle que dépose sur le front don Fernando le prêtre le premier mercredi du carême quand il nous rappelle que nous sommes poussière et que nous le redeviendrons. Que serait-il advenu des gens de notre village si je n'étais pas entré, essoufflé, dans la caserne, et, affrontant la surprise du garde civil de service, et si je n'avais pas ouvert la main et écarté les doigts, laissant tomber ainsi sur le bureau couvert de dossiers la dernière, minuscule forme de mon assassin : quelques grains de poussière, presque invisibles, le très léger détail de la mort, que je lâchai comme s'il m'avait brûlé devant le policier stupéfait.

Évidemment, ce qui serait arrivé est que l'on n'aurait pas découvert la vérité.

Parce que, le lendemain de ma trouvaille, on commença à apprendre la vérité sur tout ce qui s'était passé.

Le frère de Guernod, qui m'avait écouté quand j'avais prononcé chez Jacinto, d'une voix basse mais audible, « c'est un assassinat et personne ne le voit ! », plein de remords, se livra ce jour-là à la police. D'après ses déclarations, il avait tout préparé avec Remedios, « la Chinoise », qui est aujourd'hui la veuve de Guernod, dans le but de se débarrasser de cet ivrogne qui la maltraitait et de s'emparer de l'affaire prospère que représentait l'atelier. Comme on savait que Guernod avait le foie malade, parfois au point d'être hospitalisé, ils pensèrent que personne n'aurait de soupçons s'ils l'empoisonnaient avec un produit qui imiterait ses vomissements de sang. Remedios finit par trouver des appâts pour araignées – l'araignée –, qui abondaient dans cette maison pleine de poussière – la poussière, les toiles d'araignée –, des appâts qui contenaient des comprimés de poison parmi les effets desquels figuraient les hémorragies. Comme ils voulaient être sûrs qu'il allait passer l'arme à gauche, Remedios fit fondre une douzaine de comprimés dans une bouteille de vin rouge, acheta les roses – les roses – et encouragea son mari à fêter la bonne marche de l'atelier, se montrant soudain très amoureuse. La nuit précédant sa mort, Jacinto but la bouteille avec un plaisir extrême. Le lendemain suivant, il était empoisonné, et mourut comme le décrit cette chronique. Tout cela se sut grâce à la déclaration de son complice, le frère de Guernod. Il reste à ajouter que Remedios, froide au début du plan mais nerveuse à la fin, sans oser jeter dans la poubelle le reste des pastilles empoisonnées qu'elle n'avait pas utilisées – au cas où la police les trouverait – décida de les cacher dans la doublure des portraits de Guernod petit garçon – les portraits de l'enfance –, pratiquant dans ce but de petits orifices dans chacun d'eux – la cavité centrale des nuages, la lune divisée ! : elle pensa que personne ne chercherait là une fois l'intéressé mort. Le couple d'assassins est toujours en prison.

Le jour même où le frère de Guernod avouait, le commandant Marchena fit une autre découverte formidable. Intrigué par des mots qu'il m'entendit prononcer quand je fus arrêté chez mademoiselle Bernabé, et, gêné de ne pas avoir compris comment s'était produit l'accident qui coûta la vie à la pauvre femme, il retourna à la maison et examina à nouveau le tuyau du gaz. Il était effectivement perforé, mais si les pompiers et lui-même avaient tout d'abord pensé à une détérioration progressive du caoutchouc au fil des ans, une observation plus attentive lui permit de remarquer des traces de griffures ou de coupures autour de la cavité noire centrale – les spirales des nuages, l'œil de la chatte, la lune divisée, les orifices sur les portraits, etcetera ! Bien observées, les coupures semblaient avoir été produites par un objet tranchant et de petite taille. Il ne fallut guère de temps après cette découverte pour que le commandant Marchena devinât la triste vérité sur ce qui s'était passé : le vieil Aparicio – le vieux –, qui s'asseyait parfois à côté de sa fille dans la cuisine pour la voir vaquer à ses occupations, se trouvant négligemment près du tuyau en caoutchouc du gaz, l'avait peu à peu abîmé avec les ongles de sa main droite – les ongles –, sans que María Auxiliadora, plongée dans son travail, ne le remarquât – elle ne le surveillait pas. Bien sûr, le caoutchouc était dur et le vieux ne parvint pas à le couper même en employant toute sa force. Mais la nuit de la tragédie, ces marques, tendues par la pression du gaz, occasionnèrent un petit orifice mortel. Mademoiselle Bernabé, qui dormait à côté – s'endormit avant –, mourut empoisonnée – n'ouvrit pas la fenêtre –, mais le vieux y échappa grâce à son habitude de garder sa fenêtre ouverte pour y jeter des choses dans la rue – la merde. Naturellement, bien que cela fût l'explication qui commença à circuler parmi les voisins sur ce malheureux accident, rien ne put être fait contre le coupable présumé puisque Aparicio était un dément sénile et, à cette époque, vivait dans une résidence gériatrique en ville.

Enfin, le plus spectaculaire : une semaine après mon arrivée triomphale au commissariat, une pauvre adolescente, originaire du village le plus proche de Roquedal et très semblable à Paz, fut retrouvée assassinée à coups de couteau – le couteau – sur un terrain vague des environs. On constata aussi qu'elle avait été violée. Aujourd'hui, on sait que le coupable d'un crime aussi épouvantable fut Ángel Diosdado, le fils de Diosdado, celui de l'élevage de poulets – le même hypocrite qui se moquait de moi et qui était sorti cette nuit-là avec Paz Huertas. Bien qu'Ángel ne se rendît pas à la justice, pas du tout (à l'inverse de l'affaire Guernod), il fut découvert grâce à la déclaration d'un témoin oculaire, qui s'approcha, sans être vu, alerté par une musique très particulière – un rythme de quatre notes : deux longues et deux brèves – provenant du radiocassette de la voiture d'Ángel, garée près du lieu du crime. Les choses, d'après ce qu'en dit plus tard le criminel lui-même (et d'après ce qu'en apprit la presse), s'étaient déroulées de la façon suivante : après l'échec de sa tentative de jouir de la fille de Huertas (suite à mon apparition, la jeune fille s'enfuit, terrorisée, chez elle, et ne voulut pas revoir son ami pendant plusieurs jours), Ángel Diosdado invita à sortir une autre adolescente du village voisin, qu'il connaissait également. Il lui dit qu'ils allaient danser dans une discothèque – danser – et la fille accepta, mais Ángel l'emmena dans un terrain vague après avoir mis de la musique dans le radiocassette de sa voiture. Mais le moment venu, la pauvre jeune fille ne voulut pas se donner à lui. Ángel choisissait précisément des mineures parce qu'il ne supportait pas que les femmes lui refusent quelque chose, aussi une bataille s'engagea-t-elle. Il la menaça de son couteau, la viola puis, craignant d'être dénoncé, l'assassina sauvagement, dissimulant le cadavre dans un repli de terrain proche, entouré de spirales d'épines – la cavité des nuages, l'œil de la chatte, les orifices des portraits, le trou du tuyau, etc. ! Au cours de la lutte, ils s'étaient éloignés de la voiture et Ángel ne put éteindre la radio. Le témoin, un chevrier qui vivait dans les parages, déclara également (et l'assassin le corrobora par la suite) qu'Ángel avait crié, tandis qu'il poignardait la pauvre jeune fille, quelque chose comme « Toi, tu es à moi pour toujours » – Toi, tu es à moi pour toujours. Et sa voix fut précisément la première chose que reconnut le témoin pendant l'enquête préliminaire sur l'affaire. Je me demande (je crois que c'est une question légitime) : que serait-il advenu de Paz si je n'étais pas intervenu cette nuit-là sur la plage ?

En fait, je continue à me demander ce qu'il serait advenu de tous les innocents si je n'étais pas parvenu à arrêter mon assassin et à le conduire au commissariat, lâchant sur le bureau la légère pincée de cendre que je tenais entre l'index et le pouce tout en criant, hors d'haleine :

– Le voici ! Je l'ai attrapé, enfin : le responsable de toutes les morts, le véritable coupable, d'abord araignée, ensuite merde, plus tard musique et crabe, et enfin vent et cendre ! Voici le seul assassin !

Et le garde civil de service regarda la table et distingua parfaitement les derniers restes sombres et épars de mon bourreau, le détail infime mais terrifiant de la méchanceté humaine.

Janvier 1997

Le Détail

Achevé
d'imprimer
en août 2003
sur papier Jet set par
l'imprimerie Liber
duplex, Barcelone,
en Espagne

Notre site internet : www.1001nuits.com

N° d'édition : 40511
49.4870.01.9